幻影歌劇

-komische oper-

-公主夜未眠-

米川明
烏綠

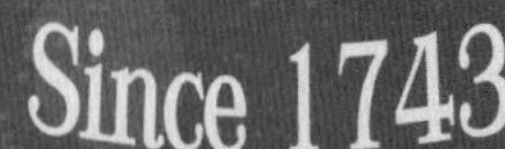

CONTENTS

Komische oper.

Special -005-
THE OPER
VIP SEAT N0.00013

【情人節特輯】懲罰遊戲

這是一個關於說書人與魔鬼玩遊戲的故事。

遊戲的開始，來自一個混亂的愛情故事。當說書人好不容易從花園洋館內舉行的婚禮脫身，他隨即被另一個麻煩纏上。

「有什麼事嗎？」

說書人獨自走在淒冷安靜的街上，臉上沒有什麼顯著的表情。只是反覆規律地邁開腳步，一直往前走。

他不知道這樣走能走到什麼地方，但是他知道，他不會停在原地。

他必須永遠這樣走過一個又一個的城市。

直到生命枯竭。

然後，就在他穿越一個街口的時候，一個穿著黑服的金髮男子突然出現，阻擋了說書人的去路。

說書人習慣性的停下腳步，沉默冷靜地看著面前的男子。

不過，與其講說書人的面孔充滿冷靜，不如說那是一種無言以對的表態。

他感覺眼前這個傢伙是讓他討厭至極的存在……連「人類」都不是，因為對方充其量只是幻影。

繚繞在他心中揮之不去，也散不開的霧中幻影。

「有什麼事嗎？」

說書人看著金髮男子朝自己微笑，他一見對方那種笑咪咪的臉色，下意識想轉開視線，不願看他。

金髮男子移動腳步，故意走到說書人目光投射的方向，再度對他笑了笑。接著便

說：「我記得你對我說過，你欠我一件事，只要我想到要你做什麼，你就得答應我。」

說書人見到男子眼底掠過了一絲略帶詭計的笑意，他就直呼倒楣的用手撐著額頭。

「拜託，我們才剛結束遊戲，我很累。」說書人抱怨地瞪了一下男子，「齊格弗里德，你不能偶爾放過我嗎？有什麼事明天再說。」

「不行，我現在就要玩。」齊格弗里德固執的樣子，有些像玩捉迷藏玩得意猶未盡的大孩子。

他對說書人那副無奈的樣子視而不見，還很堅持地說：「否則我糾纏你，讓你白天吃不下飯，夜裡睡不著覺。」

「好吧，你想做什麼？」說書人沒有體力跟齊格弗里德慢慢耗，才一分鐘的光景隨即告饒。

「首先，剛才那場少爺與小姐的遊戲，你不僅輸給我，還向我要了解藥，所以你

要接受懲罰。」

「首先已經說過了，那麼主題究竟是什麼？」說書人越聽越火大，他拚命控制自己的手不要去揍那個惡劣的魔鬼，接著按捺壞脾氣地說：「你別吞吞吐吐，有話就說。」

齊格弗里德想了一想，他不懷好意的眼光照著說書人俊秀的臉孔，然後彎著嘴角笑了笑，彷彿還沒想到要怎麼「料理」對方。

「我們走吧。」

齊格弗里德重新站在說書人面前，身體向前彎腰，右手劃至左胸口，儼然一副高貴管家的模樣。

「什麼叫走吧？」說書人低聲問道。

「你跟我，一起到一個沒有人知道我們的地方。」齊格弗里德站姿端正，接著把手心伸向說書人，邀約地說；「記得你答應我，無論我做什麼，你都不可以拒絕。」

說書人難以置信地睜大眼睛，他滿腦子都是想把齊格弗里德一拳打飛的念頭。

「這可不包括身體上的接觸吧？」

「施洛德，你這句話說得不對喔，我只想帶你去一個又大又舒適的環境。你不把手交給我，我好怕你半途逃跑啊！」

齊格弗里德不等說書人同意，逕自握住他的手腕，把他拉到自己面前，近距離的對他說：「你的反應好可愛，簡直像隻擔心受怕的小白兔，難不成我會把你生吞活剝了嗎？」

「去你的！」說書人狠狠踩了一下齊格弗里德的腳，「我想你沒有那個征服我的本事……好吧，看在我答應你的分上，趕快帶我去玩你無聊的懲罰遊戲，我好趕快擺脫你，還不帶路？」

齊格弗里德緊緊握住說書人的手，像對待稀奇寶物似的領他離開原地。

兩人走在路上，彼此都安靜的不說話。

說書人很喜歡沉默的氣氛，但是他知道，齊格弗里德更喜歡跟他像千層酥似的一來一往對話。

「欸，我說啊，你知不知道街上流行什麼？」

說書人不理會他說的任何一句話，於是過了一會，齊格弗里德便沒耐性的晃了幾下說書人的手腕。

「我不想知道。」

說書人覺得自己好像習慣被齊格弗里德擺布，只要他一個不滿，自己也沒安靜的一刻好過，最後只好認命地回答。

齊格弗里德聞言，便高興得如獻寶般對說書人說：「這街上有一間新興的管家餐廳，服務生全部打扮成有錢人家裡的管家，挺有意思的……不如我看……」

「我不會跟你去吃飯的。」說書人飛快地搶話道。

齊格弗里德笑了一笑，「跟我上館子吃飯有什麼不好的？我比你懂情趣氣氛，跟我在一起很快活喔！」

「無聊死了，你永遠只會說這種沒意義的話。」說書人鄙夷的賞了他一道白眼。

「可是你不也喜歡跟我鬥嘴嗎？」

「我迫不得已，沒有選擇。」

「不要嘴硬，還是坦然面對現在的情況吧。」

說書人無能為力的死瞪著齊格弗里德，他真是受夠了這種千層酥對話。對方不煩，他卻快要煩死了。

是啊，他不是已經發過誓不跟齊格弗里德說話了嗎？為什麼他現在心裡卻有種滿足的感覺，難道他的想法已被齊格弗里德摸透，所以不管他做什麼，那傢伙都有本事堵他的嘴嗎？

說書人越想越生氣，他不喜歡被另一個男人掌握的感覺。就算情非得已要跟一個男人走在一起，他也要氣勢壓過對方不可。

說書人想畢，趁齊格弗里德自己開心地說個不停的時候，反過手去抓緊他，然後給他一個像誘惑一樣的笑容。

「你說得對，人都要誠實面對自己，所以你把身體靠過來，這樣走路起來比較暖和。」

齊格弗里德像看到怪物似的看著說書人。

「天氣很冷喔，你不跟我擠一擠嗎？」說書人故意用令人誤會的口氣解釋。

齊格弗里德聞言，馬上放開了說書人，還一臉詫異，好像見到鬼似的。

「你看起來不太正常……你有毛病啊？」他說。

「你都可以捉弄我，把我當成一個女人般戲弄，難道我不能捉弄你取樂？」

齊格弗里德沉默了一下，「唔，不怕魔鬼的說書人，一點玩弄的意思都沒有。算了，我們辦個交涉，我不逗你，你也別來弄我……行了吧。」

「好吧，勉強聽你吩咐。」

這場魔鬼與說書人私底下互鬥的遊戲，雙方暫且不分勝負。

齊格弗里德帶施洛德到一間建在山丘上的洋館，那裡有花園，有巍然屹立的大樹，還有成群的女僕。

「主人，歡迎回來。」女僕齊聲喊道。

齊格弗里德揮手斥退一票僕人，他大搖大擺走進洋館的得意神色，簡直就像統領此地的國王。

說書人困惑地看向齊格弗里德，然而不等他出聲說話，便聽到齊格弗里德侃侃而談的聲音。

「施洛德，你想問這裡究竟是什麼地方，我為什麼帶你來這裡……對吧。」

「不錯，你很容易洞悉我的心事，就像你耍什麼詭計，我也能馬上識破一樣。」

齊格弗里德愉快地笑道：「有趣，現在你猜猜看，我不讓那些女僕侍候，接下來

我跟你該怎麼發展。」

「我不想猜如此無意義的問題。」說書人一口回絕。

齊格弗里德聳聳肩，自己揭曉了答案，「這就是我要跟你玩的懲罰遊戲啊。我需要一個坐在椅子上的主人，以及伺候他的管家……」

「什麼？」說書人吃驚極了，他可沒有扮演這種角色的興趣。

齊格弗里德走近說書人面前，手裡扣著他不放，還以命令的語氣在他耳邊低聲說：「現在，去那張椅子坐著，什麼也別說，照我的話做就對了。」

說書人勉強定了定心神，「你想當那個高高在上的主人，接著把我壓下去，對吧。」

「壓什麼?我才沒有那種奇怪的嗜好。」齊格弗里德說：「看在你吃了不少苦頭的分上，主人由你當，至於我……想做個忠心侍奉主人的好管家。」

說書人見齊格弗里德眼中散發的溫柔笑意，他只覺得渾身發毛。

「你少胡扯，信不信我開槍射死你?」

說書人把手探向腰間，正要拔出手槍時，齊格弗里德的大手隨即按住了他。

「你忘了你答應我，不論我要什麼，你都不能夠拒絕。」齊格弗里德目光冰冷地盯著說書人，「把槍放下，不准你拿。」

「你究竟要什麼？」說書人一頭霧水。

「我想好好地服侍你。」齊格弗里德把說書人按在一張椅子上，接著單膝跪地，進而扶著說書人的一隻手，放在唇邊吻了一下，「我想這麼做已經很久了，雖然只有短短一些時間，不過還是讓我溫柔地對待你吧。」

說書人收起驚慌的目光，他緊皺眉頭，陰沉地命令那跪在自己身前的男人。

「放手，我可不是淑女。」

雖然他手上戴著黑色手套，不過還是能感受到齊格弗里德薄唇上的熱度，讓人厭惡極了。說書人低吼一聲，恨不得從對方手裡把自己的手抽回來。

「我知道，我知道。」齊格弗里德安撫說書人的看著他，接著握緊他的兩隻胳臂，將身子靠向說書人，眼裡話裡都充滿了危險的暗示，「這個遊戲就是……身為主

人不得拒絕管家的任何服侍行為。」

說書人壓抑著怒意，卻感到腦袋直發麻，「我才不要像你這種變態的管家！」

「不要這麼說嘛，我只是想替你把衣服換下來。瞧，都沾上灰塵了，這件西裝外套本來挺漂亮的，現在都是皺摺了。」齊格弗里德不在乎說書人的怒吼，只是很開心地欣賞他羞憤的臉。

「不要你管，快離開我！」

「不行，我可不做失職的管家……好比說，我想幫你把蝴蝶結重新繫好……」

齊格弗里德說著，伸手輕輕勾住說書人繫在衣領的紅色領結。像是玩弄似的以手指纏繞絲帶，輕柔地捲著，再輕柔地放下，他那副模樣好比玩弄老鼠的貓。

說書人再也不能忍耐了，他瞪視著齊格弗里德，問：「你說我是主人，對嗎？」

「是。」齊格弗里德不在意地回答。

「那麼，我要命令你。」

說書人沉思片刻，然後粗暴地一把抓扯齊格弗里德胸前的髮束，逼他的臉更靠近

自己，兩人距離近得就要撞上彼此的鼻子。

說書人抓好時間，在齊格弗里德撞上自己之前便停手，也很故意地在他唇邊用沙啞的聲音，輕聲吹氣道：「站好，不准動，我如果沒跨出這間屋子，你不准動……聽見了嗎？」

「施洛德，你想破壞遊戲規則嗎？」

「這是主人的命令！你是管家吧？」

「你這傢伙……」齊格弗里德還想抗拒，那副模樣就像貓捨不得放開咬在嘴裡的魚一樣。

「聽好了喔，我沒走，你就不能動。」說書人朝齊格弗里德得逞的笑了笑，「有本事，下次在遊戲中光明正大贏我一次，那時你想叫我做什麼都沒關係……不過，看來你沒機會，我走了。」

齊格弗里德看著說書人離去的背影，簡直氣得快要發瘋。

明明說好這個主人只能坐在椅子不能亂動，可是為什麼說書人一擺出主人命令下

僕的臉色，他就不禁乖乖照說書人的話做呢？好像他真的成為說書人的下僕似的……

可惡，不管是下次，或是下下次，他都不會再讓說書人支配自己的！

洋館迴響著齊格弗里德嘶吼的聲音。

- Komische Oper -

SCHSTE AUFZUG: PRINCESS BLEIBT WACH BEI NACHT

Act Six
公主夜未眠

Erste Aufzug : princess bleibt wach bei Nacht

這次的故事發生在一個遠離科米希城的北方國家，那是一個堅守封建思想的寒冷國度。

這個國家的領地不大，繁榮的程度與鄰國相比，充其量只能算是一個中等國家。在宗教改革的風氣之下，虔信宗教的國王修築歌德式的教堂與城堡，帶來濃郁而嚴謹的宗教氛圍。

雖然因為春天的降臨，使國家不再整天下著紛飛白雪，但是氣候依然寒冷。每個人穿著厚重的外衣外套，當他們嘴裡呼出的熱氣逐漸迷濛了視線，能做的也只是停下

歇息一會兒，接著馬不停蹄的繼續趕路。

不少從繁華的科米希到北方國家的旅人，都會忍不住把兩個城市做個比較。在他們心中，這裡顯得貧窮許多，但是這裡的人民十分熱愛工作，簡直沒有一刻閒得住，那些在心裡打下分數的旅人看著城裡忙碌的情景，又悄悄替這國家加上不少分數。

混雜在一群旅行者中間的男子身影，正悠閒地欣賞鄰近首都的一座小城。這裡雖然沒有藝術與文化，不能讓他靠說故事賺錢，但是這裡有他想要的平靜。戴帽男子臉上浮現讓人難以發現的微笑，他讓自己混在普通的旅人裡，不想引人注意。

不過就算他不笑，以他俊秀的外貌佐以溫文的氣質，還是讓他走過的每處痕跡，都留下各種不可思議的傳聞。

他是說書人，與歌劇之城的幻影混存在黑暗中，為了自己不幸的際遇而迷惘，卻還是執著追求他人幸福的男人。

人們知道他跟馬說話，識穿躲藏在歌劇院的魔鬼詭計，又與魔女打交道，還為了一個女伶攻擊無辜的貴族……各種關於這位男子的故事，流傳於科米希城，令人津津樂道。

那些凡人恐怕不曉得，這位神秘得不為人知的男子，其實也曾為一對佳偶挺身而出，替他們謀取不屬於自己的幸福。

說書人回想自己毫無目標地在各地流浪，直到尋訪出仇敵的下落。他不老的生命出現變化，並且不斷嘗試與他的敵人交手。

雖然一再落敗，說書人卻抱著無可救藥的浪漫，只要跟魔鬼糾纏得越久，他就一定能找出魔鬼的弱點。他身為人類，試著賭上自己無限可能的命運，一定要把魔鬼引誘出來，戰勝這傢伙不可。

說書人表面看似平靜，然而他的心底卻為了被魔鬼奪走的那些幸福，變得冷靜陰鬱，就好像待在不見天日的地底。

他已經習慣這種孤獨的感覺，甚至可以說，悲傷與孤獨始終包圍他的世界，於那

夜悲劇的記憶，永遠鮮明地存在他心中，讓他不能忘也不敢忘。

說書人低沉的呢喃聲像在催眠自己，又像在述說一個淒美的結局。

不管如何，復仇是他唯一的信念。他要讓魔鬼那傢伙明白，真正可怕的不是超脫自然的力量，而是人心執著的憎恨。

說書人沉重而用力的嘆氣，他將長外套的領子理了一理，走到街道旁邊，沒人經過的一處空地。然後算準時間伸直手臂，迎接貓頭鷹信差的到來。

隨著幾道輕巧的振翅聲與貓頭鷹的叫聲，一團黃褐色的影子向下俯衝，在男子渾厚低沉的喝聲當中，逐漸平緩速度，現出牠鳥類的身影，最後優雅地停在男子的手臂。

男子伸出另外一隻空著的手，從貓頭鷹嘴裡取下牠叼著的一封米色書信。他心情不好的嘆氣，可又無法忽視手中這封令人頭疼的信，只好在貓頭鷹圓滾滾的大眼注視下，一臉不爽的把信拆開一條缺口，取出放在裡面的信紙。

「這傢伙為何總喜歡玩這種無聊的遊戲……」說書人讀著信裡一段類似藏寶圖路

線的指示文字，他覺得無奈極了。

說書人回想自己還在科米希的時候，突然有一天收到魔鬼寄來的信，在對方以信件引導他前往這個嚴寒城市的情況下，已經十幾天了。

可是那傢伙卻一直不露面，還樂此不疲地讓他在亂七八糟的路線中摸索，好像不把他折騰死，絕不甘心似的。

說書人聳聳肩，心想反正都到這裡了，只差一點距離，他就可以見到魔鬼。

等到那時候，他再把這筆帳記在魔鬼頭上——說書人這樣想著，心裡就舒服多了。

他小聲唸道：「『所在地將出現在你面前，就在大路上的紅色馬車……』等等，這是什麼見鬼的路線圖！我走了好久，連輛馬車都看不到，敢情那輛紅色馬車是整天都停在那裡嗎？」

說書人突然意識自己的聲音隨著這封信而飆高，他連忙停下唸信，朝街上看了看，幸好沒人發現他的窘態。

真是奇怪，他為何要如此生氣？

說書人壓下沸騰的怒火，試著平靜下來，可當他瞄到魔鬼寄給他的信時，又忍不住皺起眉頭。

如果魔鬼那傢伙出現在他面前，他絕對要對方變成他手中這團被揉爛的信件！

他氣憤難忍，卻在這時望見離自己不遠的地方，有一間裝飾可愛的咖啡店。

老實說，他並不特別喜好此道，但是去休息一下的話，也許就不會動不動鬧情緒了吧。

說書人快步走進咖啡店，向熱情招呼客人的服務生隨意點了一杯黑咖啡。

見服務生尚未離開，他隨口問道：「請問這條街上，有沒有什麼紅色馬車？」

「沒有耶，請問先生你要找來做什麼呢？」

「不……沒事。」說書人轉移話題道：「對了，咖啡要熱的，謝謝。」

「要加糖嗎？」服務生問。

「不需要。」說書人簡短地回答。

服務生耀眼的金髮與他的笑容一樣迷人，「真的不加糖嗎？本店不另外收費喔。」

「謝謝，但是我真的不需要，我不喜歡甜的東西。」

說書人神情不悅地看了服務生一眼，他總覺得這人服務態度好過頭了，好得讓他額邊的青筋都要爆炸。

也許是說書人的怒氣確實地傳達到服務生心裡，只見對方一溜煙跑走，沒一會兒就把熱騰騰的一杯咖啡送到桌上。

「好喝嗎？」

服務生站在說書人身邊，一臉帶笑地問。

說書人因為天氣冷，毫不疑心地喝了一口熱咖啡。聽見服務生期待的詢問口吻，他一頭霧水摸不著頭緒，即使眼中冒出無數個狐疑的問號，仍然勉強擠出笑容說：

「味道不錯，謝謝……你不去招呼其他客人嗎？」

「先生，你真愛說笑，這裡除了你，哪有別人上門呢。」

「等會應該有其他客人上門吧，天氣很冷，熱飲很好賣……另外，我想要獨處的安靜。」說書人瞄了瞄服務生身後的櫃檯，暗示地說：「你明白我的意思嗎？」

「我知道呀，但是我要告訴你，咖啡加點糖粉還是比較好喝。」

「什麼？」說書人懷疑地問。

說書人方才的暗示，已經發動了「歌劇效應」的能力，然而服務生若無其事的回答，不免顯得有些古怪。

就在這時，說書人看見桌上擺了一輛迷你馬車。馬車的顏色，恰好跟他要找的紅色馬車一樣。

服務生微笑，「我在你的咖啡加了一點東西，除了糖，還加了助眠的藥……相信我，不一會兒，你就會在我懷裡睡著。」

說書人震怒地拍桌起身，揪住服務生衣領，惡狠狠地瞪著對方。他意外發現，面前男人的長相似曾相識……他見過這張討人厭的笑容，而且印象深刻。

「施洛德，你為什麼總是要拒絕我的好意，不肯向我示好呢？如果這是你害臊的

表現，我還滿開心的，要是不那樣，我就沒機會對你出手了。」

說書人下意識拿起杯子，把咖啡潑到男人身上，但是卻被對方輕易閃避過去。他氣得怒吼，「不管你耍多少詭計，我都不會讓你得逞！」

「是嗎?我說過，等我要找你的時候，你阻止不了我的出現。」

「你……」

說書人感覺渾身無力，他試著朝對方揮一拳過去，可卻連整個身子都倒在男人懷裡。

最後他在不省人事前，唇邊發出像抱怨般的吐氣聲：「你這傢伙，下次別再跟我玩地圖遊戲，你……很難找。」

「我就算不出現，也會想辦法吸引你的注意，不必再找了，我就在你身邊。」男人輕浮的笑聲，一如魔鬼齊格弗里德給人狡猾的印象。

他扶著說書人，臉上浮現柔和的笑意。

在某人巧妙的設計下，說書人掙脫昏沉的意識，陷在一幢寬敞的華宅，模模糊糊地醒來。

一道冰涼的感覺伴著男人的呼喚聲，若有似無的刺著說書人內心脆弱的意識。他聞到一股夾雜煙草的香味，便慢慢張開眼睛，察覺四周陌生的環境，感到自己躺在一張軟綿綿的沙發上。

正在這時，他灰藍色的眼眸倒映出一個金髮男子的臉，還發現一雙不屬於自己的手，居然肆意地放在他臉上，進而溢出冰涼的體溫。

說書人嚇得從沙發坐起身，轉身過去，看見站在沙發旁邊的男人，居然就是齊格弗里德。

他穿著一套緊實貼身的黑色軍服，肩膀圍著一件紅黑色披風，像瀑布一樣，順沿

長馬尾的金黃色光輝流洩而下。

說書人不敢置信地看著齊格弗里德，心想這是一場迷離的夢境，還是真確發生的現實？

他揉揉眼睛，見那個男人穿上精心設計的深黑色軍服，修長的體格顯現出挺拔颯爽的英姿。就連平常那副高傲的氣焰，也漲得教他喘不過氣，更別說男人勾勒清晰的輪廓與立體的五官。

齊格弗里德神采奕然地朝說書人打招呼，「一陣子不見了，你好嗎？」

「你終於出現了。」

說書人回想自己昏迷前的情景，醒覺地說：「不對，你早就出現，卻卑鄙地隱藏在角落，等我誤入你的陷阱。」

「真有趣，你的說法讓我聯想到我是結網的蜘蛛，專門引誘你這隻美麗的蝴蝶入網，然後把你生吞活剝。」

齊格弗里德毫不在意地攤直兩手，說道：「我說過，只要我想到什麼，自然就會

來找你……而且，我寄給你那麼多信，教你怎麼來我面前，又怎麼是我騙你？」

「我看你想做的事只有一樣，就是找我玩無聊惡劣的遊戲。」

齊格弗里德對說書人無情的吐槽並不反感，還很高興地接口說：「不是，我只想報復你上次對我的折磨與輕視，不這麼惡整你一下，我怎樣都不服氣。」

說書人頭痛的撫著太陽穴，無奈道：「所以你使計把我弄來這裡，只想讓我瞭解你變態的穿著和興趣嗎？」

「你發現啦，我這套衣服是特別穿來給你看的……剛才你看傻了眼，想必被我傲人的容貌與氣勢震驚得說不出話。」

說書人不理男人，而是轉頭掃視華宅一圈，在長桌發現自己的皮箱和衣物，他掉頭提起行李就走，一點也不想跟身後那個男人多談什麼。

「等等，施洛德。」

齊格弗里德叫住說書人，看著他挺直的背影，冷笑地說：「你不在我身上多耗點耐心，這次的遊戲只好就這樣算了。」

說書人回頭，思索齊格弗里德話中的含意，在他想了一段時間後，選擇朝對方問道：「什麼意思？」

「你如此精明，別裝糊塗了！你上次在那對少爺小姐的婚宴中，挑明了要跟我玩一場有賭注的遊戲……我這次正是要找你玩玩，只要你輸了，就會心甘情願地把靈魂給我，對不對？」齊格弗里德試探地問。

說書人臉色陰沉，悶不作聲。

事實上，當他發現齊格弗里德主動提出玩遊戲的要求，他卻極力撫平唇邊彎起的一抹笑意，因為這傢伙終於上鉤了。

「你說得一點都沒錯。要玩什麼遊戲，在下都樂意奉陪。」說書人謹慎挑選回答的句子，以防讓對方洞悉自己的心思。

齊格弗里德對說書人的反應有些摸不著頭緒。

他原本以為，說書人會冷淡地說出「那又怎樣」之類的話，沒想到這個人居然馬上附和他，好像也願意投入這次遊戲的樣子……不，這太奇怪了，一點也不像那個只

想把他殺掉的冷漠男子。

他轉念一想，說書人的性情轉變，或許跟那張笑容背後隱藏的計策有關。這麼說來，並不是他的錯覺，也不是說書人棄械投降，而是那個男人改變態度，讓他毫無知覺地進入另一個早就進行的遊戲囉？

照常理想，說書人應該會在殺他之前，逼他修改契約條件，這樣不單改變了說書人受詛咒的命運，同時也助伊索德的靈魂脫離他的控制。

那麼，說書人為什麼要這樣大費周章，不乾脆拿把刀威迫他？難道，說書人有其他的野心？

「你在想什麼？」

齊格弗里德看見說書人的臉，近距離出現在他面前，連忙回神，「只是在想我跟你周旋了這麼久，你到底搞懂我玩遊戲的目的沒有……我這麼大費周章，不是只為了你與你的靈魂，還有其他目的，比如說……」

「比如說贏過我，得到你可笑的成就感？如果你是為了這種事苦惱不已，那我只

好告訴你，既然我不曾懂過你，現在也一樣不會去懂。」說書人聳肩微笑。

「你說話還是一樣無情。」

齊格弗里德瞇起眼睛，緊盯著說書人，而說書人也盯著他瞧。兩人陷入奇妙的沉寂氣氛，誰也不肯先出聲說話。

他們彼此互瞪了半晌，說書人退開幾步，拉開兩人的距離。

說書人發現齊格弗里德沉默地站在自己面前，彷彿在等待他的回答，於是說：

「好了，別玩這種無聊的心理戰術，你有話就直說吧。」

「不，是你挑釁我。」齊格弗里德說。

「是你挑釁我才對。」說書人反擊道。

齊格弗里德一時間找不到反駁說書人的臺詞，他低頭咕噥幾聲，發出像抱怨的聲音。

他覺得兩人互動很不對勁，通常都是他逗說書人發怒，怎麼會有反過來被說書人逼得說不出話的一天呢？

他咳嗽幾聲，壯膽地說：「不管你跟我玩遊戲的目的是什麼，我都會讓你明白，你只不過是個凡人，我卻是無所不能的魔鬼。」

「那又怎樣？」說書人以嘲笑的口吻說道：「你也沒多了不起。」

齊格弗里德被說書人這麼一說，他非但無法生氣，心裡還暗暗為他的對手喝采，不過感到有些困窘。

不知為什麼，他覺得說書人這時的模樣看來有點像自己，特別是那種不可一世的樣子。

「好吧，我來說明遊戲的規則。這次你必須靠自己打開遊戲的大門。」

「什麼意思？」

說書人看著齊格弗里德，逼他把話說下去。

「我要你用一切方法潛進這國家的王城，等你找到我潛藏在城中某個角落的分身，破解這個精彩的躲貓貓，就告訴你遊戲怎麼玩。」

「對了，給你一句囑咐吧，這國家有一些不尋常的地方，請大膽行事，小心進

城，最好別亂說話。」

說書人聽到這裡，懷疑地看著齊格弗里德。他的嘴角微微一動，發出難以置信的冷笑聲：「虧你想得出這種爛到極點的方法！」

「施洛德，別這樣看我，誰叫我厭倦過去那種簡單的遊戲呢？不過我知道死腦筋的你將會努力尋找我，只要你贏了這場遊戲，我就替你更改血之契約，不但讓你恢復死的權利，還消除伊索德靈魂的詛咒……如何？」

「你為什麼這麼大方？」說書人不信地問。

「給你的特別優惠！」齊格弗里德暗示的回答，「我要你明白，捨棄我的力量不但沒意義，還代表你有多麼愚蠢，後悔還來得及。」

說書人又笑了，但這次是個苦惱的微笑。他知道自己早就想要齊格弗里德這麼做，但先決條件卻是他得被迫玩這個不知道內幕的遊戲。

「我以擁有你的力量為恥。」他閉上眼睛，許多痛苦的回憶都在這時候浮上心頭。

「就算如此，你體內流著我的血，如果不更改契約，你一輩子都要恥辱地活下去——怎麼，猶豫不決了嗎？」

說書人掙扎到最後，還是放棄防備。

也罷，只有找出齊格弗里德的弱點，才有可能戰勝這個人，不管這傢伙提出多少刁難人的難題，他都決定孤注一擲。

「我認輸了，你起碼可以告訴我，究竟要跟我玩什麼遊戲吧？」

「是個關於真愛與幸福的打賭……就是你最喜歡，而我最輕視的那兩樣東西。」

「是嗎？」

說書人表情平淡，好像已摸透齊格弗里德的想法。

「這一次，我要弄清楚你為什麼執著它，順便揪出你笑容背後的真面目。」

齊格弗里德彎下腰，將低沉的聲音附在說書人耳邊。

「到時候，你就玩完了。」

一直在黑暗中迷惘的說書人，從齊格弗里德得意的神色明白，這將是一個比過去

更為惡劣、危險的試驗。

但是，為了實現完美的復仇，他只有義無反顧地投身於魔鬼的遊戲，才能觸摸到真實。

Sechste Aufzug : princess bleibt wach bei Nacht

第二章 公主夜未眠

繁華小城「雷德利希」，位於王城的首都中心，以各式石砌雕像、尖塔式教堂、城堡、寬闊的大街、冬季聖誕市場為城市特色，呈扇形包圍住王城，是旅行者趨之若鶩的著名景點。

不過，在十二月寒冷的天氣，竟也有陽光普照的景色。

天空晴朗得讓人感覺舒爽，彷彿連圍繞在王城四周的山川、湖泊、森林、朝陽都很美好……但是，待在這一片溫暖的景色，其實感覺還是非常冷的，別被高掛遼闊天空的冬陽欺瞞了。

說書人站在行人不斷來去的街上，看著這座城市充滿陽光氣息，心裡有些莫名感慨。

他回想前幾天才在別的城市見到一片霧雪茫茫的景象，沒想到天氣轉眼放晴，雖然還有些冷，但是抬頭看見天空掛著悠悠的白雲，再飄來一陣清風，使他緊繃的心情變得放鬆不少。

穿梭在說書人身邊的人群匆忙趕路，沒有人留意他臉上浮現的微笑。

行人各自沿著這條寬廣悠長的街市，湧入擁擠的市場，逐漸消失在街的另一端。

說書人從遠處眺望過去，看見城裡燃燒的焰火充滿各種顏色，好像在對光臨這座城市的旅行者打著熱情的招呼。

也許有不少人都跟他一樣被這些焰火吸引，進而來到這個城市，一改對北方國家的觀感。

說書人欣賞著城市忙碌的模樣，發現這裡不但熱鬧，還四處掛滿繽紛的彩帶。他想了想，明白這個地方將要過節，因為人們在痛苦絕望的日子，仍然渴望得到一些救

贖，並且擺脫那些不幸的過去。

說書人驀然回首，赫然察覺市場的繁鬧與站在角落的自己，竟呈現兩種不同的感覺。

他想像過去的自己，也曾在熱鬧的節慶夜晚，帶著妹妹遊玩，兩人笑語喧譁的回憶，彷彿就在他眼前重現……如今只剩他一人站在街市一隅，感觸到眼前的一切是那麼令人熟悉，卻又陌生。

說書人察覺心情有些惆悵，他打開皮箱，放出貓頭鷹約伯，讓牠停在他肩上，靜靜等候主人的差遣。

「約伯，不知怎麼，我現在有點害怕孤獨。」

貓頭鷹咕咕的叫了一聲。

「我自認不是心靈脆弱的人，也不曾放棄拯救伊索德靈魂的念頭，但是我卻感覺自己的內心，好像有個東西正在剝落。我覺得寂寞，不是因為失去妹妹，好像有另一種更值得讓我牽掛的理由……我始終不瞭解，為什麼他要躲到一個我找不到的地方，

又要我去找他？這是遊戲，還是他欲擒故縱的惡作劇？」

「我知道遊戲會結束，只要我殺了他。但是，我的心裡有道聲音告訴我還不行，我不知道為什麼不行，隨著每次與那個男人交手，我就陷進內心那個幽暗的世界……很奇怪，我明明想要結束這種痛苦的日子，又認為那個男人能給我一種共鳴與慰藉的感覺，實在讓人難以置信。」

『我是不是開始喜歡這種互相追逐的遊戲了？』

說書人下意識壓抑地咬著嘴唇，他不願再想下去，連忙提醒自己這一切都是不可能的事。

就算明白齊格弗里德出現在他眼前，只是為了破壞他幸福的日子，奪走他的美夢，說書人還是無法阻止男人促狹的笑容，高挺的身影回到他的腦海——

「去他的寂寞。」

他惱怒的啐了一聲，然後拖著疲憊的身子，找尋一間可以坐下休息的店。這次他會小心選擇地方，至少不會再光顧沒客人的咖啡店。

說書人打算到王城打探消息前，先喝點酒驅除煩悶的心情，所以選擇到當地的一間老酒吧放鬆一下。

走進酒吧，裡面充斥著昏黃暗沉的光線，裝潢採用老式懷舊的風格，許多人坐在被迷濛燈光圍繞的席位，盡興地談話或飲酒。

說書人在酒保的招呼下坐在吧檯，他要了一杯溫熱的酒，等到酒保把調好的酒送上桌，說書人仰頭喝了一口，這才感覺身體變得暖和許多。

「店主，這是在下喝過最好的酒，令人讚歎萬分。」說書人放下酒杯，陷入好長一段時間的沉默，他迎著酒保的笑容，說道：「我是從外地來的，不曉得可否打聽一下，城裡究竟在舉行什麼節日，好熱鬧。」

酒保忙著調酒，不過一聽到說書人的詢問，立刻熱情地說道：「難怪你不知道，

我們在過聖誕節之前，有個叫做火焰節的節日！」

「火焰節？」

「對啊，城裡的人十分敬畏火，相信火能賜予永恆的光明與溫暖，驅趕嚴冬的塞冷，是自古以來的習俗。特別是夜晚，每戶人家都會點亮火光至天明，城市廣場還舉辦遊行、跳舞、焰火表演，值得一看。」

說書人微笑點頭，婉謝了酒保的邀請。

就在這時，一道男子幽幽的聲音，從酒吧角落傳了過來。

「什麼狗屁火焰節，一群被魔鬼迷惑的傻子。」

酒保被激怒地朝說話的人吼道：「開普勒先生，少開你的尊口！」

那說話的人發出低語聲，明顯帶了幾分微醺的醉意。但是當他一說話，酒吧裡竊竊私語與指指點點的聲音跟著響起，彷彿也在指責男子。

「難道你們不懂嗎？魔鬼能夠任意操縱火，可以讓空地自然出現火焰，將火玩弄於股掌中。這個國家的人崇拜火，等於信奉魔鬼，還獵什麼魔女……」

男子此言一出，酒吧中所有客人神情激憤地瞪著他，還有幾個人不客氣反駁大罵，把氣氛弄得僵硬極了。

酒保見不對勁，只好先忙著安撫客人的情緒。

說書人循著酒客們的視線，找到了一個坐在靠近牆壁的人影。他有些好奇地起身走向對方，彎身向前，拉開椅子坐在中年男子身邊。

說書人毫不在意身邊那些交頭接耳的低語聲，輕提帽沿，暗中觀察面前的男子。他個子有點小，臉上蓄著八字鬍，身穿褐色的有帽長袍，脖子則掛了一個有國家圖騰的粗銀鏈。

「初次見面，閣下的話引起我的興趣，你願意的話，要不要跟我繼續談下去？」

中年男子苦悶地喝著酒，當他聽見說書人的話，便從頭到腳打量著灰髮男子一遍，然後慢吞吞地說：「你不怕我危言聳聽嗎？」

說書人微笑，「可否再說得深入一點。」

「唉，這裡沒有一個人歡迎我說話，剛才只不過聽到亨利那傢伙提起火焰節，我

才多嘴幾句。」

「在下願意傾聽，特別是關於火與魔鬼之事。」

中年男子驚訝地看著說書人，「你一定是外地人，城裡每個人看到我就恨不得咒罵我，就像打過街老鼠，卻只有你沒有露出反感的眼神。」

「為什麼他們要仇視您呢？」

「我是一個曾在王城為國王占卜預言的星象家，名叫泰普・開普勒。我是奧薩珂家族的遠親，見證過去王室的一些事蹟，不過現在卻被趕出宮廷，還被城裡的人奚落辱罵……唉，可憐啊。」

「您究竟遇到什麼事，才會淪落這麼不堪的處境？」

星象家聞言，他的眼神瞬間變了樣，接著撲到說書人身上，用很誇張的刺耳哀聲大哭，「哎唷，年輕人，你願意聽我的故事嗎？大叔我好慘啊，我打包票，這城裡沒人比我更慘了！都是老國王不重用我，害我只能在小酒館終日借酒澆愁……」

說書人被泰普的哭嚎聲弄得措手不及，他皺起眉頭，正要把吵死人的大叔推開之

際，卻聽見從懷中傳來一種夾在哭聲裡面的低沉說話聲。

「我接下來說的話不可以讓別人聽見，如果你給我錢，我就告訴你想知道的事。」

說書人來不及反應，便被一群酒客謾罵的聲音，壓得喘不過氣。

「吵死了，開普勒先生，你再這樣大聲哭叫，我就要請你出去喔？」酒保不耐煩地走了過來，說：「這位先生，那個大叔經常在這裡哭著說他以前多有名氣，已經好多人被他騷擾得受不了，你不需要理這種人。」

「呃……不。」說書人懸著一雙手，不知該推開泰普，還是拍拍安慰他，「我看還是算了，讓他這樣下去吧，我不會再讓他吵到別的客人了。」

酒保見狀，只好搖搖頭，無奈地走開。

等到酒吧恢復先前的氣氛，說書人才低聲說話，「你跟我要錢？先生，你以為從我身上要錢是這麼容易的一件事嗎？真不好意思，在下可是旅行藝人，讓我瞧瞧你的本事再說吧。」

泰普說：「旅行藝人也好，我知道你是被魔鬼一事吸引過來的……難道你不想知道，這城裡有一個被魔女詛咒的公主嗎？」

「說下去。」

說書人極力忍耐中年男人的體味，要不是這件事可能和魔鬼有關，他根本不想被男人摟得緊緊的。

泰普起身，坐回自己的位置，他往四周巡視一圈，見沒人注意他們說話，便對說書人小聲解釋道：「她是一個美麗、殘忍、沒有感情的女人。不但像魔鬼一樣把老國王迷得團團轉，連我這個受國王重用的臣子，也被她趕出王城。」

說書人拿起一杯酒，放進泰普手裡。他看對方接下酒杯，沒一會就放在桌上，顯然不需要酒精來消除緊張。

「原本和平的國家，陷入了不安與恐懼。一切都是那個女人造成的，要不是兩年前，她從高塔城堡被釋放的話……」泰普深吸口氣，微張的嘴唇顫抖著。

「這麼說，公主原本被囚禁在某處。」說書人催促地問：「我不瞭解，一個應該

被國王寵愛的公主為何被囚禁，難道她犯了什麼罪嗎？」

泰普神色凝重，說話時神秘兮兮，好像怕被別人聽到。

「如果我告訴你，千萬別說出去！十二年前，王后陛下因為信仰異教，被告發是魔女，這件事鬧得人盡皆知，立即由國王開庭審判。王后雖然強烈否認，依舊被判斬首之刑，她臨死前向魔鬼請求，詛咒她的女兒瑞姬娜公主。」

「最後王后死了，公主也難逃罪責，她被關在高塔城堡，一關就是十年。」

說書人安靜地聽著，偶爾也會點頭回應。

「兩年前，公主在一個國慶典禮被赦免釋放，身邊跟著一個來歷不明的貴族。說也奇妙，那時宮中出現很多怪事，國王寵愛的奧薩珂家族得了不明的急病，所有人在一夜之間像得了瘟疫似的死去。」

「大家都說，這是死去的王后作祟，要向那個家族的人復仇……後來伯爵夫人得知此事，因為過於恐懼，沒有多久就跟著去世了。」

「從此宮中氣氛變得死氣沉沉。我對國王說，這都是因為公主身懷詛咒的緣故。

公主知道這件事，就把我趕出王城了。」

「這件事聽起來有點離奇，那個貴族是怎樣的人？」

「沒有人知道他是怎麼出現在宮廷的，以前也從來沒聽說過這名人物，他的存在，就像幽魅鬼怪一樣。」

說書人對怪事不感興趣，但是他心裡隱隱覺得，那個貴族和齊格弗里德有很大的關係，每當他聽聞這種事蹟，就忍不住想起魔鬼作惡多端的模樣。看來，他一定要想辦法混進王城。

「被魔女詛咒的美麗公主……好像很有趣，你是否能為我多講一些關於這位公主的事？」說書人從皮箱拿出一串錢幣，故意在泰普眼前晃了幾下，「你要是把事情詳細的經過告訴我，這些就是你的。」

中年男子伸手想拿錢幣，不料說書人機警地拿開，讓他手撲了個空。

「快說。」說書人微笑道：「你說公主被魔鬼詛咒，有什麼證據。」

「王城裡的人都是這麼說的！王后詛咒公主，希望她擁有美麗的外表，但是沒有

溫柔的心腸。於是那位公主的靈魂被魔鬼擄去，她的美貌能吸引全天下的男人，讓他們一個個死在她的手中。」

說書人挑眉，眼裡質疑地看著對方，「公主真的這麼漂亮？」

泰普激動地拍桌，「這個我能保證所言不假！公主小時候相貌平凡，長大後卻出落得相當動人，即使她的白髮紅眼異於常人，卻沒有男人可以不被她引誘。」

「公主的美有種致命的魅力，能吸引許多男人向她求愛。因為國王身下後繼無子，便昭告天下，只要有男人解開公主提出的難題，就可以繼承王位。」

「那麼，應該有不少人前去參加吧？」

「對，但是沒有一個人讓公主滿意，於是她就在臣民面前將他們斬首。很多人說，瑞姬娜公主利用自己的美貌，殺死各地向她求婚的人，都是要向男人報復的關係。」

說書人問：「我越來越對這公主感興趣了，要如何才見得到公主？」

泰普想了想，說：「如果你是旅行藝人的話，那很容易見到她！現在國王請了很

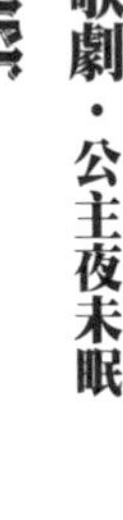

多吟遊詩人和小丑，想辦法逗公主開心，可是那公主怎樣都不笑，麻煩得很。不夠特別的表演，我想大概行不通吧。」

說書人把錢幣放在桌上，接著緩緩起身，不忘問道：「請教一下，這位公主通常怎麼為難向她求愛的男士？」

泰普著急地把錢幣摟在懷裡，「公主會出三個題目給他們，如果在期限內沒有破解出來，就要斬首示眾……喂，年輕人，你要去哪裡，該不會要去找公主求愛吧？」

中年男子抬頭向前望去，發現酒吧裡早已沒有說書人的身影。他搖搖頭，隨後開心地抱著得來不易的小錢，向酒保買酒去了。

入夜之後的雷德利希，顯得更加迷人。

人們狂歡慶祝為期數日的火焰節，低垂的夜幕綻放出炫目燦爛的煙火，王國騎士團的遊行，女郎們的舞蹈表演，各自點綴出節慶歡樂的氣氛。

說書人跟隨看熱鬧的群眾，來到了城市與王城交界的廣場。他放眼望去，看到一座石頭雕成的宮殿，壯觀氣派地聳立在王城中央，通過長長的階梯，就可以看見坐在王座上的白髮少女，也是每個男人目光的焦點。

對說書人而言，那個傳說中的公主確實迷人，即使他站在與王城相隔遙遠的地方觀察，卻能看見她與眾不同的穿著打扮——瑞姬娜公主有一頭像雪那樣白的長髮，披著黑紗，底下戴著飾有幾朵紅薔薇的鐵絲髮圈，她穿上深藍色的喪服，看來顯眼極了。

公主與國王各別坐在舒適的王座，由一群王公大臣陪同觀看表演遊行。不知是否感到無聊，她面無表情的美麗臉孔沒有一絲喜悅，只顧著逗烏鴉玩，對所有表演完全不屑一顧。

說書人發現宮殿四周養了不少黑色烏鴉，他覺得很特別，大概是那位公主的興趣。一般人在夜晚難以辨識牠們的存在，也許只有受過魔鬼洗禮的他才能清楚地看見

牠們吧。

啊，他比誰都明白，魔鬼誘惑的話語縈繞在他耳邊，不斷細語。盤踞在他心中的呢喃聲，逐漸將他引入恐懼與毀滅。

在火光四射的照耀下，許多人吶喊著，歡笑著，只有說書人獨自站在角落，沐浴在焰火的溫暖與光芒之中，卻顯得更加孤寂。

他陷在如此盛大歡樂的氣氛，內心也非常嚮往與人們一起歡唱，可是不曉得為何，他無法與他們共歡，只能被人群擠到陰暗的角落。即使伸手，也無人回握並接納他的存在，彷彿冥冥中有什麼力量隔絕他與這個世界的連繫……是魔鬼帶給他悲慘命運的力量所導致的嗎？

說書人心想，雖然他已不再害怕魔鬼，但是他卻失去一般人的感覺。他不明白，為什麼他不能坦然面對自己，寧願面對孤獨。

他不敢看那些享受幸福的人們，只好注視瑞姬娜公主。僅只是打量她那張深鎖秀眉的臉孔，他卻有種微妙的感覺。

他擅自想像，也許他們正共享著同一種東西，是寂寞。

當遊行與舞蹈表演告一段落，所有演員不再歌唱，而是靜靜地走出廣場，開始沿著一條小路離開原地。

說書人見狀，神情變得愉悅許多，他知道，現在是他上場表演的時刻了。

他從一名樂師的手中借來一把小提琴，然後故意選在無人的廣場上大肆演奏。當他演奏的樂聲越發激烈，便引來國王等貴族的注視。

一名士兵上前驅趕說書人道：「喂，表演節目已經結束了，快離開這裡。」

說書人不理士兵，執著地演奏一首又一首的曲子。

那些士兵大發脾氣，正要強制趕說書人離開的時候，從宮殿上傳來一道冰冷的聲音。

「衛兵，把那名男子帶來我的面前。」

「是，公主殿下。」

士兵說完，便看向說書人，「你這個平民，快謙卑地走到宮殿，拜見高貴的公主

殿下，聽見了嗎？」

說書人低聲唸了幾句像祈禱的話，最後走了過去。

當他重新站在瑞姬娜公主面前，才赫然察覺這位公主美得足以懾人心魂！遠看她的模樣，已經美得使人無法轉移視線，沒想到近看她傳說中迷惑男人的美貌，竟融合了黑夜與白雪兩種不協調的氣息，令人難忘。

瑞姬娜公主將手中餵食烏鴉的飼料一把拋在地上，接著拂去禮服的灰塵，動作優雅的起身。

她在身旁兩個侍女的攙扶下走向說書人，除了衣裝與儀容十分整齊乾淨，她那頭美麗的白色長髮柔順地披在背後，像瀑布般傾洩流下，成為夜裡最引人注目的存在。

說書人藉機凝視公主的長相，她不僅長得美，更有一副纖瘦身材，她有成熟的臉，比擬白雪的肌膚，以及有如閃耀著寶石般光澤的紅色眸子。

她的外貌既像深邃無光的薄冷夜色，也如皚皚白雪般神聖純潔。她的存在高不可攀，就像一朵開在銀白雪山的紅色花朵，看起來典雅柔媚，哀愁美麗。

「你不是這個國家的人。」她說。

他取下帽子，彎腰向前的行禮，「您好，公主殿下。」

瑞姬娜公主仔細打量著說書人的外表，見這人沒有華麗的衣裝，卻有極為神秘的眼神，於是說道：「你故意挑節目空檔演奏音樂，大概是被賞金吸引而來。在這個國家，有誰不知道逗我一笑，可獲得享用不盡的金銀財寶……你，也是為了錢嗎？」

「在下惶恐極了。」說書人虛偽做作地說道：「在下只求公主殿下恩賜，給我一個表演的機會，若能博取妳的微笑，此生便無遺憾。」

公主問：「你會什麼？」

說書人道：「在下是個說書人，唯一擅長的，就是說故事。」

「哦，那麼你試試看吧……萬一你失敗，知道會有什麼下場吧？」

「在下早已做好被關進王城的打算。」說書人戴上黑帽，朝瑞姬娜公主一笑。

此時圍擠在宮殿的一片人潮，都在注視著說書人與公主。有人期待說書人的故事，有人期待說書人被斬首，更有一些人被說書人的容貌吸引，暗自為他接下來的遭

遇心痛。

說書人深吸一口冷氣，說起故事。

「在下曾經聽聞，這個國家有一則傳說。有一位憎恨男人的公主生得非常美麗，但是她有個興趣，那就是砍掉向她求婚的男人的頭，高掛在城門口示眾。」

「這位嗜殺成性的公主遇見一名來自西方的王子，跟他展開有趣的猜謎遊戲。最後王子贏了，公主卻冷酷地殺死王子的隨從，人民都稱呼她是一個殘忍的公主。」

說書人說完了故事，一臉帶笑的注視公主與國王，似乎期待他們的感想。

「這就是你要說的故事？」國王問。

「是的。」說書人答。

國王困惑地皺眉，他看起來不太懂故事的意義，還花了一段時間思考。直到幾個貴族在他耳邊低聲私語，於是國王臉色大變，震怒地拍著椅子扶手，喝道：「大膽狂徒，你這則故事可是影射我國人物？」

「這是一則由貴國當地的傳說，即興改編的故事。是否屬實，還請國王陛下查

證。」

國王聽了說書人的回答，勃然大怒，「你真是個膽大狂妄的男人，依照我國律法，本王要拘捕你，三天後判你斬首之刑！」

說書人聞言，面無表情的彎腰，然後將手劃至胸前，這似是他的回答。

國王怒不可遏，馬上派來士兵拘禁說書人入獄。

所有人注視這位挑戰失敗的旅行藝人，有不少年輕女子為他哭泣，男子則安慰地想，至少他將會成為今晚節目最熱門的餘興話題。

然而，沒有人注意到，說書人臉上出現難以掩飾的興奮之情。對他而言，這一點都不需要覺得害怕，因為這種感覺跟他以前使的所有伎倆完全相似。

想要打開遊戲的大門，就必須放下所有戒備，讓「門」裡面的人主動把門打開，才能逼對方就範——這場遊戲才正要開始，不管如何，他絕對不認輸！

第三章　公主夜未眠

Sechste Aufzug : princess bleibt wach bei Nacht

說書人在王室守衛粗魯的挾持下，被當成垃圾般踢進城堡地下室的陰暗牢房，整個移送的過程花了很長一段時間，不過幸好說書人撐過去了。

他站在小小的監牢，觀望出去，發現牢房是座不透光的石磚建築。天頂與磚牆籠罩在令人生畏的寂靜中，只有幾道微光從磚頭縫隙穿射進來，勉強算是陰牢中唯一的光明。

說書人只待了幾分鐘，強烈地感受到一種刺入骨髓的寒冷，從石地板竄到他的腳底，再爬到背脊至後頸子，讓他忍不住打起寒顫。

他撫著被那些人用力扣住，進而浮現一圈紅痕的手腕，心頭不禁叫苦。

這扇遊戲的大門為什麼這麼狹窄難開，這個地方為什麼這麼冷，毫無一絲暖意？還有，他為什麼非得淪落到這鬼地方，才能去找齊格弗里德隱藏的分身？

現在可好了，他的皮箱，以及貓頭鷹都被守衛沒收起來，如果他要出牢，就是他被拖出去斬首的時候。

不，他說書人是何等人物，怎麼能讓自己被斬首！

「該死！」

說書人遷怒的重搥一下牢房地板，思索著怎麼逃出去。

牢房充斥一片無法用言語形容的寂靜。說書人試著在黑暗摸索，可是下一秒，他聽見自己狂烈而起伏不定的心跳、喘息聲，最後斷斷續續地吐一口氣，明白身體的反應，正在暗示他陷入被恐懼環伺的危機。

突然間，一道淡紫色的微光照亮了牢房。

說書人眨著眼睛，看著面前奇異的現象……

那是一隻蝴蝶，白色的蝴蝶。

蝴蝶振著輕巧的翅膀，灑下了鱗光，在說書人垂手可得的距離翩翩飛舞。好像一點也不怕接近人，甚至更像是在引誘說書人的注意。

說書人試著瞇緊眼睛，看清楚牠隱藏在光芒中的形體。

可是當他耳邊傳來一道鑰匙開鎖的聲音，說書人一分心，那隻蝴蝶便從磚牆縫隙飛了出去。

一道靴子踩在鋪滿稻草的階梯走動聲，帶來陌生男子的談話聲。

「霍亨伯爵，您小心點走，地下監牢很暗。」守衛禮貌地說。

「國王陛下派我來審視犯人，沒有事不要下來打擾。」呼應守衛的，則是一道男子沉穩的聲嗓。

說書人感到訝異，他萬萬沒有想到，居然有一位伯爵特地來探望他。

隨著走路聲逐漸接近自己，說書人爬起身，被一團暈黃的燭光刺得睜不開眼睛。

對已習慣黑暗的他來說，任何光芒都會使他難受，只好用手遮住眼睛，感覺有些

頭昏腦脹。

「早晨了，還習慣牢裡的環境嗎？」

腳步聲停下，取而代之的是男人柔細的聲音。

說書人聽見了聲音，立即走到鐵柵欄前，以渴切的目光瞪著對方，透過鐵欄之間的縫隙，他看到一個身材高瘦的身影就站在自己面前，但是他卻沒辦法馬上看清楚對方的臉。

他甩甩頭，覺得視線有些模糊，直到那人把燭光拿遠了些，說書人才發現一張陰柔的臉正用著微笑的表情瞧著自己。

他看見了……這是個男人，而且有張修長白皙的臉，挺直的鼻梁戴著一副老款的圓眼鏡，強壯的身軀穿著米黃色襯衫、鐵灰色背心，以及戴著與襯衫同款的手套，脖子繫著一條淺黑色領帶。

說書人沉默地看著男人，露出困惑和防備的神情。

不過，站在監牢外的男人，卻以和善的神情望著說書人。

他用沒拿燭臺的手，撥弄胸前的淺金色髮束，然後將燭臺拿高，照亮一頭柔順的直長髮，並且順手把瀏海往後撥，撫弄了一下紮在後腦的髮尾，露出光滑的額頭。

「你是誰？」

說書人向後退了幾步，很抗拒這男人的出現。

當兩人彼此面對的時候，男人突然發出高傲的笑聲，好像很得意。

「你陷在牢中，已經沒辦法離開這裡，看來你是輸定了。」

「你是誰？」

說書人又問了一次，但是這回語氣充滿憤怒。

「戴維安先生，即使身處絕境，只要你肯笑一笑的話，將有助於你頹喪的心情。我聽別人說過，微笑有如魔法般不可思議喔，試著對我笑一笑如何？說不定，我可以幫你向國王陛下美言幾句，放你出來。」

男人微笑地伸出細長的手指，穿過鐵黑色的柵欄，接著提起說書人的下巴，半強迫地逼他把臉轉向自己。

「施洛德，告訴我感覺如何……這句話是你之前曾對我說過的，現在原封不動奉還給你。我不是囑咐過你要小心進城，怎麼弄得這麼狼狽？」

「說出你的名字。」說書人神色陰沉地命令道。

「我是高貴的霍亨伯爵，來拯救受困的說書人。」霍亨伯爵柔聲說：「只要你開口求我，自由與新鮮的空氣垂手可得。」

說書人陷進沉默，他把頭轉開，擺明不想理牢外的霍亨伯爵。

霍亨伯爵眼底掠過一道陰鬱，他的手穿過柵門欄架，揪住說書人的衣服領子，將其身體狠狠地撞在圍欄上，讓整座牢房迴響一陣冰冷的碰撞聲。

霍亨伯爵聽見被他逼迫得沒辦法抵抗的男子，發出壓抑痛苦的悶哼聲。他看著面前那張即使受屈辱，仍毫不矯揉面對他的英俊臉孔，伯爵瞇起眼睛，期待男子仇視的目光。

然而，說書人眼神還是很冷淡，他知道身後那個男人只想看自己出醜，於是選擇沉默下去。

「開口，我命令你回答剛才那句話，聽到了沒有？」霍亨伯爵急切地逼問說書人，「我知道你忍氣吞聲，只可惜你身陷地牢逃不出去。如何，你現在是否有急於宣洩的怨恨？」

「住口，你這個魔鬼，就算你變成不同面貌的人也騙不了我，你就是齊格弗里德。」

說書人死瞪著霍亨伯爵。

「你很聰明，為何不乖乖向我求助？這樣就不用受苦了。」

說書人在霍亨伯爵的凌虐下，口氣冷靜地說：「我以為從你的外表看，你只是像個瘋子，內心其實還有一絲理智。但我沒想到，你打從骨子裡早就是個瘋子，無藥可救！」

男人大費周章陷害他，居然只想看他狼狽的樣子，說書人真是服了這傢伙。

「你已經自身難保，口氣居然還是這麼傲慢。」

說書人重重咳了好幾下，感覺全身都在發疼，他惱怒地瞪著霍亨伯爵，這一切都

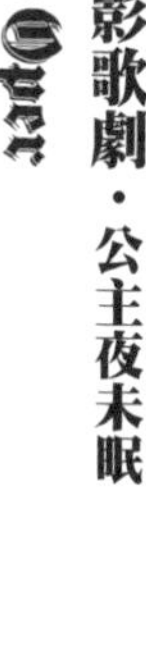

是那傢伙害的，要不是非進王城不可，他又怎麼會弄得如此難堪。

霍亨伯爵放開說書人，退開離他幾步的距離，微笑聳肩道：「我真喜歡你倔強的樣子。可惜你不夠聰明，偏偏讓自己惹來殺身之禍……真蠢，你已經快沒命囉。」

「你再多說一句廢話，我就讓你好看。」說書人撂下狠話。

「好，我講點別的好了，你知道這國家過去曾盛行狩獵魔女嗎？」

說書人沉默點頭，「我知道，不管哪一個國家都一樣。」

「喔，這跟我們之前遇到的魔女不一樣。十年前，這國家為了驅逐異端分子，不惜把數以萬計的平凡女子，統統當成魔女處死。其中還有一位是身分崇高的王后陛下……不過，她是受冤枉的。」

「你怎麼會知道？」說書人吃驚。

「這不意外，我是無所不能的魔鬼，當然知道這世界的任何一件事。事實上，這源自於女人的嫉妒心，當一個皇室存在兩個爭權奪利的女人，自然把國家搞得烏煙瘴氣！」

「一個覬覦王后之位的伯爵夫人，發現王后的異教信仰，於是向教廷告發王后的魔女身分。利用國王的審判，聯合所有貴族指證她是魔女。最後的結果是王后被斬首，她的女兒瑞姬娜公主被關在城堡，失去她的父母與地位……真可憐，壞人一掌權，好人往往不長命。」

「可憐？你這個沒有一點慈悲心腸的魔鬼，居然也會說這句話。」說書人不留情的批判道。

「不可以嗎？」伯爵微笑。

「我聽說這國家出了許多怪事，老實說，是不是你做的？如果你敢像以前那樣企圖危害無辜的人，我將在此殺了你！」

說書人試圖把手往腰間一抓，才想起自己的手槍被沒收。他看見伯爵嘲笑的目光，只好硬著頭皮說：「你的廢話講完了嗎？」

霍亨伯爵晃著手上的燭臺，一副玩火的樣子，「在你命懸一線的時刻，我可以多說一點事，讓你明白為何我出現在這裡。」

「這個國家有不少人被當成魔女殺死，她們呼喊我的名字，渴望以我的力量為她們復仇……你知道的，只有一個人的恨起不了什麼作用，不過超越了無數個女人的憎恨後，我決定實現一個女人死前的詛咒。」

「我以各種方式眷顧那個小女孩，讓她在寒冷的環境成長，變成一個冷血公主。她的靈魂被現實的殘酷玷辱，只要我加以控制，她逃不過我的手掌心。」

「你說的那個女人……難道是被當成魔女斬首的王后？」

「隨便，我不在乎誰要復仇，重點是可以讓我尋樂子就夠了。」霍亨伯爵惡劣地笑了幾聲，說：「話說到這裡，你現在是被我逮住的獵物，自己都大難臨頭了，最好別管別人，先想想自己怎麼辦吧！除了我，沒人可以救你。」

說書人以疑惑的眼神看向伯爵，恍然大悟道：「你要用這個公主來做這次遊戲的主題？」

霍亨伯爵笑了，他笑得扼制不住地說：「我忍不住想稱讚你，施洛德，你好聰明，可惜越是聰明的人就越早死。我該怎麼處理你才好呢，是向國王陛下回報，你是

個和魔鬼打交道的異端分子，還是說你跟魔女有關係？」

「你不預備放我出去？」說書人吃驚地說。

霍亨伯爵低聲笑了一下，「我不會救你，因為這也是遊戲的一部分。如果你無法從監牢逃出去，代表你沒有跟我玩遊戲的資格，之前說的賭注也就不算數了，我看你還是趕快在三天內想法子出去比較重要。」

「什麼意思。」

「你還不明白嗎？現在你被關在牢裡，等三天後的旭日上昇之際，就是你被砍頭的死期。」

說書人見伯爵不懷好意的眼神，氣怒地說：「你把我推向災難的深淵，百般為難我，卻不給我一線生機，這恐怕說不過去吧。」

霍亨伯爵毫不在乎說書人的控訴，驕傲自滿的臉上只有笑意，「怎麼會沒有生機呢，向我求饒就是一個機會啊。」

「你作夢！」

說書人大聲的打斷他。

「好兇悍的眼神，既然你不要幫忙，就待在牢裡享受假期吧。等過了三天，你就輸定了。」

霍亨伯爵輕柔的話音一轉，刻意對臉色發白，恨恨地咬著嘴唇的說書人投以憐愛的目光，大笑著離開監牢。

霍亨伯爵走了一陣子，說書人雙手緊握鐵柵欄，神情頹喪地坐在牢房，一點法子都想不出來。

他不知道現在過了多少時間，總覺得死亡的危機糾纏著他，就像卑劣的魔鬼一樣。

對他來說，現在的情況很不樂觀，因為他在牢獄堅固力量的包圍下，找不出逃離這裡的方法，彷彿掉進一個充滿陰謀的陷阱，無法逃脫束縛。

該死，難道他就這樣被齊格弗里德的詭計陷害，再也不能翻身嗎？不，他絕不能在此失敗，不管用什麼手段，都要從這個鬼地方出去不可。

說書人感覺胸口煩悶，還有挫折與消沉。他知道魔鬼將他引入陷阱，只有想辦法逃出去……但是，他能想什麼辦法？

齊格弗里德究竟想玩什麼遊戲，他到底在計劃著什麼呢？說書人滿腹愁緒舒展不開，他試著把一切的怪事聯想在一起，就是想不透，齊格弗里德為何纏住那個被詛咒的公主。

說書人沉思一會，眼神多疑地看向通往牢門的石階，他總覺得門外有騷動聲，但這也許是心理作用。

他沉重地嘆氣，試著不要過於期待，可是若有人來探望他，他希望那個人能把自己從這裡帶出去。

然後，一道如雷鳴般刺耳的聲音，引起了說書人的注意。

當那扇埋沒在陰暗的鐵製牢門被開出一條縫隙，一道白影後面跟著幾個黑影，沿著石階緩緩向下移動，最後停在說書人面前。

他扶著膝蓋起身，難以置信地看著她……

是一個女人。

穿著黑服的白髮女人帶著侍從，站在牢房陰暗的地方，等候說書人出聲說話。

她渾身散發著高貴而沉著的氣息，即使身在髒穢的監牢，也絲毫不損她公主的名號。

「妳是……瑞姬娜公主。」說書人目光充滿敬意。

在瑞姬娜黑紗底下的一對紅眸，流露著對說書人的高度興趣。

她有些防備的按著胸口，保持與陌生人的距離，不過她說話的口氣，依然洩漏出緊密的心思。

「我知道你吃了很多苦頭，但都是你咎由自取，你明明不像庸俗之輩，為何要故

意惹怒父王？我從沒見過你這種人，難道你是真的不怕死，還是別有用意？」

說書人抬頭看了瑞姬娜一眼，他發現她跟自己想像的冷血公主不太一樣。她如傳說中擁有絕美的容貌，凜冽的氣質，眼神非常溫柔，好像有點憂傷……就像隨處可見的貴族少女。

雖然人們說她恐怖至極，可是依他所見，事實不盡然如此。

瑞姬娜說道：「你把那個故事說下去吧……我想聽你說。」

「什麼故事？」

「就是那個有公主與王子的童話故事。難道你失去記憶，還是在賣我關子？」公主壓抑被激起的怒氣，冷冷說道。

說書人微笑，口氣卻是狠絕無比，「很抱歉，我不想說。」

「你只是個卑賤的賣藝人，竟敢對本公主拿翹，你不要命了嗎！」

他對瑞姬娜冷笑著說：「妳特地到這裡來，難道只是為了聽故事？妳不是早該過了聽故事的年紀嗎？」

瑞姬娜身後的侍從聞言大怒，「你竟敢對公主殿下出言不遜！」

說書人哈哈大笑道：「在下被貴國關到這裡，早已將生死置之度外，妳想為難在下就請便吧。」

瑞姬娜嚥不下被說書人輕視的這口氣，於是派侍從把說書人從牢房裡帶出來，接著吊到一面牆上，嘲諷地說：「如果你不聽我的命令，就會受到殘酷的刑罰……你應該不想死吧？」

「在下聽聞公主殿下的殘忍無情，一直不肯相信，看來是真的……妳為何要殘殺對妳抱著愛意的男子呢？」

瑞姬娜揚起嘴角，「你只要乖乖聽話就不會有事。至於那些沒有腦袋的男人，殺了又何妨，根本不值一提。」

說書人的雙手被鐵鏈鎖著，無法動彈，他沒有反抗掙扎，銳利的目光直視瑞姬娜，嘆息說道：「在下認為，妳不瞭解那些男人的心，所以殺了他們，這跟一時憤恨而折斷蟲子手腳的小孩沒兩樣。」

瑞姬娜勃然大怒，命令侍從鞭打說書人。

「你不說我要聽的，卻說些無聊透頂的混帳話！不用等三天後，我現在就殺了你！」

說書人被打得皮開肉綻，受盡鞭打帶來的痛苦，他低著頭，發出比先前更加得意的笑聲，「殺吧，在下跟妳這個不懂感情的公主沒什麼好談的。」

「只是叫你說故事，有那麼難嗎？」

瑞姬娜見說書人身上都是鞭打的痕跡，不知這男人為何還笑得出聲音，於是注意他的反應，想聽聽他會說什麼話激怒她。

「只是說故事？妳以為所有的童話故事，都是甜美的嗎？錯了，所謂的童話是在我們面對殘酷的真相之前，無意編織出來的謊言。」

「我很好奇，妳身為一個冷血的公主，究竟會不會像我那個故事的公主，被仇恨遮蔽雙眼，不敢面對自己，反而逃避一切？」

「你究竟想說什麼？」

說書人抬頭，臉上滑過一行鮮血，他舔去沾在嘴唇的血，露出帶著魅惑的笑容，「我聽城裡的人說妳這位公主冷酷無情，把愛上妳的男人嘲笑一番再狠狠殺死。但是在下知道，妳羨慕那些輕易談愛的人……瞧，妳現在逼問我王子與公主的故事，不就是想知道酷似妳的公主，能否得到幸福嗎？」

「夠了，你給我住口！」瑞姬娜大吼著說：「我只要聽那個故事的內容！」

說書人表情一冷，「想要知道故事的後續，就把在下放出去。」

對瑞姬娜而言，她從沒見過這麼耐打的男人。見說書人如此挺得住，任她怎麼凌虐都不肯說故事，害她氣餒之下便叫侍從鬆開說書人的鐵鏈，再把他丟回原來的牢房，率著一群人敗興而歸。

瑞姬娜公主探視過說書人，身邊帶了幾個護衛，沒向國王通報一聲便坐馬車到城

外散心。

對她來說，當她感到煩悶的時候，就會偶爾出城走走，連國王派去監視她的護衛也無權阻止。

她坐在車廂，聽馬車跑在石子路上，傳來車輪輾動聲以及躂躂的馬蹄聲響，便撥開車簾，讓陰冷的陽光照在自己臉上。

「今天的天氣也是如此冰冷……雖然有陽光露臉，但還是很冷。」

駕車的護衛勸說道：「公主，既然天氣冷，不如回王城吧。」

瑞姬娜說：「住口，本公主出來透透氣，難道還要聽你們的意見嗎？」

護衛慌了，連忙說：「屬下不敢，請公主息怒。」

瑞姬娜盯著天空出神，腦海想著的是說書人那張藐視她的無禮笑容。

怎麼會這樣呢，居然有男人無視她美麗的容貌，還敢反抗她的命令……那個自負的男人完全不把她放在眼裡，實在讓她生氣極了。更特別的是，他充滿神秘的眼眸底下，那挑釁的微笑，好像故意激怒她似的。

就在瑞姬娜思索該怎麼折磨說書人，好教他學會服從的時候。奔馳的馬車經過幾條街，在一個市集前面的空地停下。

瑞姬娜從車窗看向街景，這時在她心中浮現一個念頭。

她想一個人獨自在街上走走，擺脫公主身分，後面也沒什麼人跟著，就跟那些平民百姓一樣。

接著，瑞姬娜命令護衛離開馬車，隨便用一個理由將他打發離開。她戴著面紗，披上披肩，在無人監視的情況下了馬車。

她並不知道這裡是什麼地方，也不知道自己要走向什麼地方。唯一殘留在她腦海的想法，只有離開這個拘束她人生的城堡，並且走得越遠越好。

即使漫無目的地走在路上，對瑞姬娜來說，她已有許多年沒有這樣呼吸自由的空氣了。

——是的，算算日子，她已經失去十二年的自由了。

此刻瑞姬娜腦海中，有一道屬於過去的聲音正在呢喃，把她的思緒帶回被埋沒的

歲月時光。

大地沉浸在一片暮色中，依稀可聽見唸讀經書的聲音，繚繞在淒冷的高塔頂端。

冰冷的聲音迴盪在瑞姬娜孤冷的心底，並未留下什麼東西，也無法帶走她心裡牽掛的東西。

那時她總喜歡站在塔中，能抬頭望見鐵窗的地方，只要風一吹過來，她就會感覺自己的靈魂與俗世的喧囂完全被切割開。儘管牧師在她身後不停唸著祈禱文，對她而言，這一切都是沒有意義的。

寬恕，原諒，慈悲，憐憫，甚至是愛自己的敵人這種話，從她耳邊聽來簡直是世上最可笑的真理。

她沒對牧師說出自己的想法，而假裝受了教誨，表現出真心悔過的模樣。

她極力壓抑自己內心的演技，贏得了牧師的讚美，卻仍然無法換來國王釋放的命令。

瑞姬娜毫不在乎父親的無情，因為母親的死早就使她身心被凍入骨髓的寒冬征

服，當她心中燃起一股熾熱的怨火，才能支持她克服殘酷的命運。

侍女總是哭著告訴她，外面傳言公主被魔女詛咒了。她想，這都是謀奪母親地位的貴族布下的疑陣，因為她的母親正是崇拜魔鬼的魔女。

她的父親弗爾茨國王，處死妻子之後，居然迎娶其他女人為妻，還聽信貴族的進言，將她這個親生女兒關在高塔，從此不聞不問……

這就是她的父親。

瑞姬娜心已死，她不害怕孤獨寂寞，不再露出笑容。她的臉上沒有眼淚，只是緊緊盯著手中的蝴蝶別針，一如母親向魔鬼祈求的詛咒。

然後，轉變她命運的那一刻，終於在兩年前到來。

一道腳步聲劃破高塔長久以來的寂靜與陰暗，伴隨男人高瘦的身影，出現在瑞姬娜身後。

她永難忘記那個男人的相貌，還有他身上那種難以言喻的迷幻氣息，彷彿像個幽影般的存在。

她緩緩轉身，「你是誰，我好像從來沒見過你。」

男子彎腰向前，語氣柔和地說：「公主殿下，微臣是近幾年出現在宮中的流浪貴族。我一直在國外旅行，回到國內聽聞您的事情，心裡為您難過，希望有能為您效勞的一天。」

瑞姬娜挑眉，「你這樣稱呼我，難道你還認為我是公主，不是魔女的女兒？」

「不管如何，您要有身為第一公主的自覺。現任國王並沒有子嗣可以繼承王位，只要妳撐過現在，將來您可以登基成為女王，為已逝的王后雪恨。」

瑞姬娜吃驚地看著男人，「你這句話是什麼意思？」

「我對您的一切瞭若指掌，除了難以忘懷的殺母之恨，對父親的恨意，染上母親之血的一群貴族，都讓您打從心底深惡痛絕。」

瑞姬娜收回注視男人的眼光，臉上神情淡然，就怕被他看透自己的內心。

「只會在塔裡等待王子的公主，無法破除詛咒，更得不到愛情……將圍困住您心頭的仇恨轉為復仇的力量吧。」

「是的，母后曾告訴我要為她復仇，我必須實現她的願望，同時也是我的願望。」她把沾著血跡的蝴蝶別針握在手裡，似乎下了決心。

「如果您心中的憎恨非常強烈，即使拿靈魂交換也要復仇的話，我就能為您實現願望。」男人說。

「在陰謀和背叛的宮廷中，有像你這種來歷不明的男人很有趣。」

她看著他微笑的面孔，眼眸卻沒有笑意。她停留片刻，給予男人一個答覆的目光。

「把我從這裡弄出去……越快越好，我不要再等待了。如你所言，只會等待的公主得不到幸福。」

男人單膝跪在瑞姬娜身邊，扶起她的一隻手，低頭輕吻了一下。向她宣誓效忠的說：「從今以後，請您稱呼我為霍亨伯爵。這將是我在宮廷的新身分，美麗冷漠的瑞姬娜公主。」

回憶過往的片段似乎就到這裡結束了。

瑞姬娜心想，霍亨伯爵確實有過人之處。他一答應帶她出塔，就利用王族的特權解除她的罪名，讓國王對他說的話言聽計從，讓她仇視的伯爵夫人死於非命……

他幾乎是無所不能，心裡想什麼都能實現。

但是，她不相信霍亨伯爵只是個普通男子，他到底還隱瞞了什麼她不知道的秘密？

瑞姬娜看著市集裡人來人往，耳邊纏繞著吵雜的聲音，最後被一個角落的占卜攤子引起興趣。

她走了過去，看見一個穿黑袍的老婦人坐在攤子，身上戴著賣弄神秘的飾品，對方散發一種陰暗的氣息，與明朗的市集格格不入。

「妳好，高貴的小姐，想要來算命，還是占卜運勢啊？」

「算命？怎麼算呢？」

老婦人見瑞姬娜來到自己面前，突然伸手緊握她雪白的手腕，接著咧開嘴，露出一個令人不寒而慄的笑容。

「我能感覺……妳的身上被詛咒的鏈條纏綁，不能脫身，妳身上的血腥味，正吸引無數的亡魂。只怕這樣下去，妳會因為詛咒而失去靈魂。」

瑞姬娜一驚，即使她臉上的神情多麼冷峻，還是無法不被老婦人一針見血的預言動搖。

「這種胡說八道的話還真有意思呢。」她冷笑的嘲諷道。

「妳可以不相信我的話，但是要相信魔鬼可怕的力量。魔鬼下了詛咒，奪去妳心中的感情，最後令妳臉上再也沒有笑容。高貴的小姐啊，只要妳將真心愛妳的靈魂獻給魔鬼，就能破解這個詛咒，重拾笑容。」

「我不相信妳說的話。」瑞姬娜說。

但是當她與老婦人的目光交會，她的心頭竟然一熱，心跳加快，好像被什麼沉重的東西壓著，喘不過氣。

老婦人微笑，「我只是個說話不足為信的老婆子，要不要改變妳的命運，就看妳自己了。」

瑞姬娜站在原地，心裡迴響著幼時母親曾說過的話，深深感到了迷惑。

她不相信詛咒，世人卻相信她因詛咒而失去笑容，內心變得冰冷，甚至殘殺向她求愛的男人，但這一切都是她的仇恨所致。

她不相信愛，嘲笑愛，總有一天愛會成為仇恨的起源。

第四章 公主夜未眠

Sechste Aufzug : princess bleibt wach bei Nacht

瑞姬娜公主站在街上，被自身複雜難解的糾結所擾，以致想事情出神的時候，她沒有注意到身邊人來人往，以及從街的另一端走來的男人身影。

這個身形挺拔的男人，名字叫做李赫諾。他來自熱情的西方國度，是個情感豐富，性格像太陽一樣明亮開朗的俊秀男子。

他是個喜歡遊歷各地以增加見聞的流浪貴族，隨著一路旅行，到過各個地方，卻沒見過雷德利希在火焰節放出絢爛輝煌的煙火，他受了吸引，便帶著隨從漢斯，決定在這裡渡過一個寒冷的冬天。

他到這個國家已有一段時間，陰冷的天氣仍使他不習慣，即使他把一件最厚的長外衣穿上，還是感到有冷風鑽進他寬鬆的衣袖。

「我的隨從真是糊塗，不跟我報備一聲就跑去找住宿的旅店，至今還沒回來……害我吹冷風在這裡等他。」他一邊抱怨地喃喃自語，一邊拉緊外衣。

正當李赫諾在街上無所事事的時候，他看見遠處有個嬌媚的白髮女子，她臉上披著面紗，卻掩飾不了那份凜然的美麗。

他想，她大概不知道她的存在多麼引人注目，至少有許多男人的目光都停留在她身上，絲毫不能移開。

他好奇女子怎麼一人待在這裡，從她漂亮的衣著觀察，她不是王公之女，身邊也應該被許多護衛包圍，以防不良之徒侵擾。這麼漂亮的女人，為何孤伶伶的在街上，難道跟他一樣也在等隨從回來嗎？

李赫諾這麼想著，加上對女子的高度興趣，忍不住走向女子身邊，試著跟她搭話。

然而，一道稚童的號啕哭聲，讓他看見一幅溫馨而不可思議的景象。

一個黑髮小男孩在街上四處張望，嘴裡拚命喊著爸爸，好像跟父母走散了。他因為慌張害怕而跌在地上，難過地哭了起來，手裡拉著站在他身邊的女子裙襬，抽抽噎噎的向她求助。

說也奇妙，女子渾身散發的冷傲氣息，因為一個孩子的接近而如雲煙消散。她動作笨拙地扶起小男孩，冰冷的臉上雖無笑意，但是目光卻很溫柔。

「男孩子要堅強，不可以哭，把眼淚擦乾。怎麼，跟家人走散了嗎？」

小男孩見到女子高貴美麗的容貌，一時忘了哭泣，過了會才點頭。

女子摸摸他的頭，「好孩子，說不哭就不哭，長大必然是個好男兒。」

就在兩人說話的當下，從小男孩身後的方向跑來一個上了年紀的男人，他匆忙地追到孩子身邊，著急地說：「貝爾，你這孩子怎麼跟我走散了呢，聖誕市集人這麼多，萬一把你弄丟，我回去怎麼向你媽交代！」

「爸爸，那裡人好多喔，我找不到你，還以為你不要我了！」

「傻兒子，怎麼可能不要你，你是我跟你媽心頭的一塊肉啊。」

李赫諾看見親子相擁的畫面，心裡有些感動，不過他看見白髮女子臉上的神情，卻有些困惑。

他發現她目送那對親子離去，注視他們的眼光充滿了羨慕，但她卻像覺得無趣似的緊緊抿著嘴唇，似乎也很感慨的樣子。

女子的舉動讓李赫諾好奇極了，他不再猜測她行為背後的動機，邁開腳步走了過去。

就在他與女子之間的距離只有一步之遙，女子轉身面向他，被一道突如其來的微風吹落臉上的面紗。

當她懾人的美貌，毫無保留的呈現在李赫諾眼中，對兩人而言，這或許是個命運式的相逢。

李赫諾沒多想，趕緊上前撿起掉在地上的面紗，順手拂去灰塵，然後才把它交到女子面前。

「來，妳的。」

女子……不，瑞姬娜沒想到有男人無預警的站在她面，害她錯愕地看著李赫諾，過了會才拿起他遞過來的面紗。

瑞姬娜注視面前的男人，他有一張輪廓深邃的英俊臉孔，一雙像貓眼石般鮮明的碧藍色眸子。她見他穿著不俗，腰間佩戴寶劍，渾身散發貴族血統的氣息，也許他是從別的國家來的觀光客。

見面前男人金色的頭髮，被陽光照得光采耀眼……不過，也許是他臉上的笑容太過耀眼，讓瑞姬娜以面紗掩飾自己反感的神色，接著問道：「謝謝你送還東西給我，你要什麼謝酬好呢，錢還是寶石？」

李赫諾聞言不禁皺眉，雖然他覺得有些受到侮辱，還是笑著說道：「抱歉，看來妳是個高貴而不知世事的小姐啊。也許這麼說會冒犯了妳，但是我不要妳的錢與寶石，只要對我說聲謝謝就可以了。」

瑞姬娜眼神變色，壓抑易怒的性子，不耐煩地說：「謝謝。」

「不客氣。」

李赫諾見瑞姬娜臉上罩著一層寒霜，眼底卻燃著怒火，他笑笑點頭，內心覺得高興。

這個漂亮的小姐不如他所想的難以親近，原來她有脾氣，而且容易被激怒。

是的，李赫諾自信的笑容確實惹火了瑞姬娜。

她以為這男人是個登徒子，於是厭惡地掃視他的臉，見他眼底沒有別的男人對她流露的敬意，便氣忿地轉身，與剛好找到她的護衛一塊離開。

李赫諾不在意自己出醜受窘的模樣，也不管行人注視他的眼光，而獨自沉浸在與瑞姬娜匆匆見面的美好感覺。

像這種既美麗，又深具嬌悍性格的女子可不多見，她比那些標準的千金小姐還讓男人動心呢。

正在這會兒，李赫諾的隨從漢斯急急忙忙地趕到他面前，嘴裡喊著，「我的主子啊，你怎麼跑來這裡了，害我找你找了老半天！」

李赫諾將注視瑞姬娜消失方向的視線，移到漢斯身上。他不急著探聽住宿的下落，卻興高采烈告訴漢斯，剛才自己邂逅了一位美麗的小姐。

「我從來沒見過那種既像冰又像火的女人，她頭上披著黑紗，掩飾純白如雪的長髮，可卻擋不住她清麗冷艷的容貌……最讓我印象深刻的，還是她紅如血的眸子！」

漢斯聽了，憂心地警告道：「主子，你可不能迷戀一個不知身分的女人，否則可是會有危險的……雖然我們過著流浪的日子，但是你要記住你的身分是一國王子啊。」

李赫諾不以為然，「國家淪落在奸人手中，我這流亡的王子已經夠窩囊，今後別再提了。」

「是，不過你也別放下身段，真的愛上你剛說的那個女人。」

「漢斯，你還真的很愛管閒事呢。」李赫諾苦笑道：「你我雖然名義上是主僕，可你在我心裡是最好的兄弟。因此我要告訴你，我跟那小姐只是路上偶遇，要見面很難，也許我這份心意將無處言表，不如將它封存心底，成為一個美好的回憶吧！」

漢斯鬆了口氣，「那就好，否則我就太對不起死去的老國王了。」

「對了，找到住的地方了嗎？」李赫諾轉移話題道。

「說到這個，主子真對不起，因為過節的關係，任何旅店都客滿了。」隨從苦悶著臉，突然想起一件事，興奮地低語道：「不過我向旅館店主探聽的時候，意外得知這國家有件稀奇的事！你知道嗎，王城住著一個喜歡把向她求婚的男子斬首的公主，短短兩年內殺了三百多個男人。因為沒人敢向公主示愛，害得國王好擔心，聽說國王昭告天下，只要有男人解開公主提出的難題，就可以繼承王位。」

李赫諾聽聞這消息，覺得有趣極了，便對漢斯說：「喜歡砍人腦袋的公主……不知該說她慓悍，還是野蠻呢？」

漢斯怕怕地摸著脖子，「聽說這公主長得美艷絕倫，可是這麼野蠻，送我也不要！」

「幾時輪到你發表意見了，你看得上眼，人家未必要你！」

李赫諾沒好氣地白了他一眼，期待地說：「自古以來英雄配美人，無論這公主長

得是美是醜，我都要見她一面。漢斯，帶我去王城求見國王，找不到住的地方，不如去住王城！」

漢斯聞言，嚇了好大一跳，「你說你要住王城，怎麼住？」

「這個簡單，我向國王表明身分，再跟公主表明心跡，順理成章的住進王城不就行了。」

「不好吧？你這決定未免做得太魯莽，我聽起來危危險險的……要是公主提出問題，你又回答不出來，豈不是被拖出去砍頭？」

「漢斯，你真是烏鴉嘴，像女人一樣囉唆！你不去也行，本少爺自己去。」李赫諾大步一邁，把隨從丟在身後，頭也不回的走掉。

漢斯看著自家主人毫不畏懼的勇敢模樣，他只好著急緊張的跟過去。

對他來說，這個主子雖然具有勇敢仁慈的心地，可做事就是不夠周詳，老是想做什麼就做什麼，常為他這個忠心耿耿的隨從帶來不少麻煩。

「難道天底下的王子都跟他一樣嗎？」漢斯頭痛地想，他沒辦法，只好先追上李

赫諾，看情況再做打算。

當李赫諾動身前往王城，瑞姬娜也在同時順利地回到宮殿。

只是她的運氣不太好，前腳才剛踏進房間一步，後腳就被她的父親弗爾茨國王狠狠抓住。

「瑞姬娜，妳是不是又偷溜出城了？」

瑞姬娜坦白地回答，「沒錯，因為我被一個男人違抗命令，心情不好才出宮走走。父王不要生氣，女兒會好好關在房裡閉門思過。」

國王聽了，臉色十分難看。對他來說，一個有教養的公主不能三天兩頭的往城外跑，於是便把她叫到大殿，打算好好責備她。

不過，在這位國王心中，還是對瑞姬娜有份歉疚的感覺。

畢竟他曾經聽信他人的話，將自己的女兒監禁了十年，也不忍心過分要求瑞姬娜，便只好口頭規勸地說：「妳是一個公主，以後不可以遣走護衛，一個人在外頭遊盪。城外有許多危險，萬一妳無法保護自己，豈不是讓我難過至極。」

「是的，父王。」瑞姬娜神色冰冷，一副厭倦談話的模樣。她假裝沒有看見國王眼中的憐惜與不捨，轉移話題地問道：「您把我叫到大殿這裡，還有其他沒說的話嗎？」

「最近我一直在想，我希望妳能選一個王子結婚，將來繼承我的王位。可是妳這個不滿意，那個也不滿意，直到現在妳都十九歲了，還是沒有結婚……眼看為妳而死的屍體不斷增加，我國人民都在背後稱妳為殘忍無情的公主，這樣下去，對妳的聲譽會帶來不良的影響。」

瑞姬娜眼底盛著陰光，她血紅色的眼眸立即迸出一抹詭異的光彩。

「父王，關於這點，恕女兒不能答應。我相信只有真心愛我的男人，才能解開我用盡心思設計的難題，成為我理想的丈夫。」

「女兒啊，別再挑三揀四了。若有不錯的男子向妳示愛，而妳也愛他，只要那男子的身分配得上妳，你們又性情相投，父王很樂意成就這段姻緣。」

「父王，您為何執意要我結婚呢？」

瑞姬娜臉上雖然有無奈的苦笑，不過馬上又皺著眉頭問道：「如果您要一個王位的繼承人，我也可以勝任啊！國家的法律沒有規定要由男人治國，女人也可以啊！」

「不行，讓女人掌權只會惹來禍端，想想妳的母親，她……」

國王急忙住口，見瑞姬娜匆忙別開視線，不肯說話，以為她正在難過。

「我的母親真是個魔女嗎？」

國王陷進難言的沉默。

瑞姬娜對自己的父親感覺複雜。

說實話，她真的很恨他，可是她不能這麼早表露對父親的恨意，於是便以溫柔的眼神看著國王。

「我因為母后的詛咒，所以才被關起來，現在我已獲得釋放，內心只有對您的感

恩。要不是父王，只怕我已經放棄希望，過著黑暗的日子……我在此向父王懇求，不要再像以前一樣使我傷心難過，好嗎？」

「好吧，看在我虧欠妳的分上，我們父女兩個做一個互讓的協議。妳不要再抗拒前來求婚的王公貴族，以半年為期限，要是沒人解開妳提出的難題，我就把繼承王位的權利交給妳，讓妳成為守護國家的女王。」

瑞姬娜小心地隱藏她的欣喜，試探地問：「父王，您是認真的嗎？」

「君王說過的話，一向沒有作假，但是妳也要好好思考未來的對象，別再故意刁難向妳求婚的男人。」

「好的，我謹慎遵奉父王的旨意。」瑞姬娜提起裙襬，謙卑地彎腰行禮。

這時，從大殿外面傳來急促的腳步聲，一個王宮侍衛走進大殿，向國王報告道：「國王陛下，有一位自稱從西方來的貴族，想要求見您與公主殿下，請問要召見他嗎？」

國王挑眉，「他叫什麼名字，為何這時求見本王？」

「不知道，他沒有說，那個男人看起來自信滿滿，有著一頭像太陽似的金髮，還穿著白色的軍服……看起來很有王族的氣勢。」

國王聽見侍衛的形容，心想這人若是貴族的話，只要夠年輕，說不定可以成為瑞姬娜的丈夫……他想了一想，便讓侍衛把人帶進大殿。

在侍衛離開又回來的這段時間，國王顯得有些焦慮，他伸長脖子看著大殿門口，期待求見的貴客是個能與女兒匹配的男人。

他瞄瞄女兒，看她始終保持著鎮靜，好像不對即將到來的人感興趣，他只好壓下自己的不安，把她叫到身邊。

瑞姬娜公主動作緩慢地走到國王身邊的小王座坐下。

這時候，侍衛已將求見的男人帶進大殿，他向國王簡短報告後離去。

國王定下心神，朝底下那個單膝跪地的金髮男人問道：「你為何見了本王，卻只跪一半？你到底是誰，為什麼要見本王？」

男人抬頭看向國王，碧藍的眸子射出無比銳利的精光。當他起身，向前走了一

步，男人身上軍服別著的菱形徽章，強烈地喚醒國王對它的印象。

瑞姬娜公主對國王的反應感覺好意外，這不是她一向看慣的接見外賓場面，至少她沒見過國王這麼激動的模樣。就在她跟隨國王的目光，仔細打量男人的時候，也對眼前的景象驚訝不已。

男人挺拔的身影站在大殿的紅毯，渾身散發英姿勃發的氣息。

他的穿著乾淨整齊，戴著硬邊帽子，披著一條黑披風，穿著長靴，以及一襲合身的白色軍服，這不僅襯托出他身體的曲線，也說明他出身的確不凡。

瑞姬娜知道，以這副打扮示眾的人並不常見。她觀察那件軍服顯露出高貴的質感，除了月牙白的布料與金澄色花紋滾邊的設計，加上硬領與袖口都有一排刻上王印的金屬釦子來裝飾，使男人看起來特別有一股典雅質樸的格調。

「偉大的弗爾茨國王陛下，我是一名來自他國的王室子弟。只跪單膝，乃是代表對您的敬意，請見諒。」

男人取下帽子，露出一雙清澈、充滿智慧的眼睛，然後朝坐在王座的兩人點頭微

笑。

國王激動地站起身，「你戴著奧威德的徽章……據我所知，這不是王族才能佩戴的飾物嗎？難道你是……」

「我的名字叫做李赫諾，為了求見陛下，只有穿上能證明我真實身分的軍服。實不相瞞，自從多年前奧威德王室發生動亂，我在護國大臣的保護下，開始漫長的流亡生涯。」

「那麼，你是個王子囉？」國王驚奇的問。

「一個流亡王子的身分不足掛齒，我今日特地求見陛下，希望能與瑞姬娜公主殿下見面。」

國王大喜，「你是為了瑞姬娜而來的嗎？」

「正是。」

在李赫諾金色瀏海底下的睿智雙眼，毫不遲疑地與坐在國王身旁的華服女子交會。

一道震驚掠過李赫諾的臉上，讓他無法自拔地看著瑞姬娜，對他而言，直到與公主相見，他才發現她居然就是那位壞脾氣的小姐。

上天賜予的緣分實在太奇妙了，他們兩人先在其他地方見面，卻不曉得對方的身分，直到現在他們相遇，才得知彼此的真面目……這是否命中注定他們將會糾纏彼此下去呢？

瑞姬娜與李赫諾一樣感到吃驚，但是在震驚過後，她沒像李赫諾那樣以愛慕的眼光看他，而把他當成仇人般狠狠瞪著不放。

這個輕薄女子的男人，會是一國的王子？

國王看了看公主，接著發現李赫諾眼底散發著愛意，他以為瞭解了什麼，便問：「你一直都在國外逃亡，雖說還是有旅行的時候，可是你怎麼會愛上她呢？」

「是這樣的，我聽聞傳說，有個喜歡斬首的公主讓好多男人為她瘋狂。今日一見，我被公主殿下的美貌誘惑，希望娶她為妻。」

李赫諾不捨地收回停在瑞姬娜臉上的視線，態度謙遜地說：「我知道公主殿下身

邊沒有求婚者，您希望為公主找到如意郎君，但願我能贏得瑞姬娜公主的好感。」

李赫諾的出現讓國王十分高興，恨不得把這麼好的男人留在國內。他想了想，又問：「雖然你有流亡的身分，可是有朝一日你平定了國家內亂，那就是一國之君，絕對配得上瑞姬娜！不過，你應該知道我這個公主喜歡刁難求婚者，如果解不開她的問題，她不會答應你的求婚，還要砍你的腦袋。」

李赫諾聞言，雖然也曾陷入掙扎，但當他趁機偷看瑞姬娜一眼，回想他曾觸及她極力壓抑的情感，並且深深為此動容。即使他知道她身為公主殘虐冷血的一面，仍舊不怕死的向瑞姬娜下跪求婚。

「瑞姬娜公主，我一定在全國臣民面前宣誓，務必奪得妳的心，請嫁給我。」

瑞姬娜聽聞此言，她睜大杏眼，還以為這個王子在跟她說笑。見他神情認真，於是便以狐疑的眼光盯著李赫諾。

國王對這次來求婚的對象非常滿意，他擔心女兒又要拒絕，於是打邊鼓的試探道：「剛才妳答應我，不會再拒絕向妳求婚的男子，沒錯吧？」

瑞姬娜高傲地抬起下巴，仔細打量李赫諾的臉，確定他就是城外遇到的男子，便大聲對國王說：「這個男人跟以前的求婚者一樣，只愛我的外貌與您的財富。依我看來，他是個膚淺、毫無知識水準的人，要是我答應他的求婚，只怕沒過幾天，他的頭就會被我砍下來！」

李赫諾聽見瑞姬娜暗中要脅他的一番話，他沒有退縮，反而信心滿滿，「咦，真的是這樣嗎？我不信，而且我還要說，到時我一定能讓公主殿下輸得心服口服。」

瑞姬娜從王座起身，走過階梯，來到李赫諾面前，一臉被激怒的模樣。

「嗯……好美的一張臉，可惜氣呼呼的樣子挺嚇人的。放心吧，妳只要做好成為我妻子的準備，我就能打破妳心中黑暗的藩籬，使妳重拾對愛的渴望。」

國王見李赫諾深情款款的看著瑞姬娜，感動地拭淚道：「真是一對相配的男女，我終於能放下懸在心頭的一塊大石了。」

她聽見父親的聲音，更加惱怒地在李赫諾耳邊低聲說：「你這個登徒子，本公主給你面子，不想戳破你的謊言。不管你是從哪裡來的騙徒，在我砍下你的腦袋之前快

滾。」

「我是真的王子呀，不信妳看看我的胸膛掛著的王室徽章……」

「我不要看，我很討厭你！」她推拒地說。

「真遺憾，自從我見到妳，就徹底地愛上妳了，這難道就是所謂的一見鍾情？」

當他們的目光相觸時，李赫諾對瑞姬娜眨眼笑了一下，他露出光亮潔白的牙齒，唇邊還浮現一抹令人討厭的笑意。

瑞姬娜看著李赫諾俊秀的面孔，以及他光滑高聳的額頭，直挺的鼻子，紅潤的薄唇，她看得出這個男人年輕，體格也很好，只要是女人都會喜歡他。

但是在她眼中，這男人向她求婚的方式，根本就像個市井無賴！

李赫諾模仿瑞姬娜小聲說話的腔調，在她耳邊吹口氣，笑笑地說道：「我知道妳的秘密，瞭解妳有一顆寂寞芳心，讓我撫慰妳空虛的靈魂，我是最適合妳的男人……怎麼樣，能毫不顧忌的在國王陛下面前說這種話的傢伙，比登徒子還要厲害一百倍吧。」

李赫諾挑釁的言語讓瑞姬娜吃驚極了，對她這個高貴典雅的公主而言，簡直是個天大的侮辱！

她生氣地推開他，同時把目光收了回來，假裝沒聽到他說的話。

「好吧，我接受求婚，但是前提是你要解開我提出的三項難題。否則婚期還沒定，只怕王子殿下沒命享福。」

「我願意挑戰看看，畢竟謀事在人，成事在天。」

國王見這兩人好像談妥條件了，便對李赫諾說：「既然如此，你這段時間先住在宮殿，與瑞姬娜朝夕相處，好好培養感情。只要你說服她跟你結婚，我就昭告全國這件婚事！」

李赫諾說：「感謝國王陛下的厚愛，我身邊帶了一個隨從，請讓他跟我住在一起。」

國王聞言，感動地說：「你真是個愛護部下的傑出男子，放心，有本王做你的靠山，只要你稍加努力，一定能奪得公主的心……對了，今天晚上為你辦個宴會吧，你

和瑞姬娜可藉此機會瞭解彼此，如何？」

「謝謝陛下，那麼我便恭敬不如從命了。」

瑞姬娜看見兩個男人談得有說有笑，她再也不能忍受地轉身回房。

在瑞姬娜回房的途中，她內心開始盤算該怎麼逼退李赫諾。

對她來說，他只是個愚蠢的王子，根本沒資格跟她住在同一個宮殿，呼吸同一個空氣。瑞姬娜的腦筋動得極快，她想起晚上的宴會，於是嘴角露出一個得意的微笑。

等著看好了，她一定要讓那個王子嘗到向她求婚的苦頭。

入夜後的王城，熱鬧非凡。

弗爾茨國王在專門召開宴會的宮廳，請來許多王公大臣，在他們面前說明李赫諾的身分。

李赫諾也以一副王子威嚴的氣質，贏得人們對他的好感與讚美。

一個廷臣說：「真是個品行高潔的王室子弟，只可惜國有內亂，否則必然是位明君啊！」

一個臣子則嘆道：「這位王子的前途似錦，只要娶了我們瑞姬娜公主，住在皇宮，過著高枕無憂的後半輩子。那還有什麼可怕的呢？」

嬉笑的人們在宴會交談的話題，一字不漏地飛進跟在李赫諾身邊的隨從耳裡。漢斯急忙對李赫諾說道：「主子，這王城的貴族說話真刻薄。」

李赫諾神情沉穩道：「別小心眼了，我才不在乎那些聲音，現在我滿腦子都在想，要如何才能得到那個冰山公主的心，好令她展露笑顏。」

漢斯低聲抱怨了一下，他見李赫諾自信的眼神，只好嘆氣搖頭。

就在兩人穿梭宴會人潮的時候，國王的聲音朝他們的方向傳了過來。

李赫諾走到擺滿美食的一張長桌前，對國王與公主行禮，然後才在侍女的安排下入座。

「感謝國王陛下為我舉行的宴會，今晚一定能夠賓主盡歡！」

「李赫諾，你既然已向瑞姬娜求婚，在她點頭之前，你們要好好瞭解彼此。本王安排你們一起用餐，不妨來個有趣的話題吧。」

「關於這個，我比較想知道公主殿下對什麼有興趣。」

國王說：「瑞姬娜，妳也跟他說說話吧。」

瑞姬娜看向李赫諾，給了他一個美麗的冷笑。

「父王，我聽聞李赫諾王子流亡各國，身世坎坷，必然沒讀多少書，他真能跟上我的話題嗎？」

李赫諾坐在國王與公主之間的位置，他迎上瑞姬娜冷冰冰的臉，笑著說道：「這妳錯了，我自少年時代就遊歷各國，什麼都知道。妳儘管開口問我問題，我保證一定知無不言，言無不盡！」

瑞姬娜看向李赫諾微笑的面孔，沉聲說：「那就麻煩你，把放在桌角的肉湯端來給我。」

李赫諾張著嘴，反應不過來的「呃」了一聲。

他眼見東西擺在長桌遙遠的另一端，如果這時起身過去拿，他不就成了瑞姬娜公主的侍臣？那怎麼可以，他好歹還有男人的驕傲，瑞姬娜擺明想試他的臨場反應，好一個刁蠻公主！

「怎麼了，難道你連拿個東西都不會？」

瑞姬娜眼底帶笑，問話的口氣輕柔得不得了，她想害李赫諾當眾出醜，證明他是個沒腦筋的笨蛋王子。

國王一愣，急忙朝侍女使了一個眼色。站在餐廳角落的幾個侍女忙著走過來端肉湯、加水、換餐具，才緩和不少僵硬尷尬的氣氛。

結束用餐後，國王忙著與其他貴族談論國事，無心去管瑞姬娜與李赫諾，但是他知道，兒女們的事不用他管才會有進展。

瑞姬娜站在宮殿迴廊，眼神茫然地看著高掛明月的夜幕，兀自陷進沉思。

李赫諾走了過去，在他伸手觸向她之前，便被瑞姬娜警告地盯著。他笑笑的放開

手，找不到她在城外顯露的羨慕目光，只看見她敵意的眼神。

「妳不跟人跳舞嗎？我還以為王宮的宴會都要盡情歡樂，如今見了妳，才知道不盡然如此……」

「你在找藉口親近我？」瑞姬娜冷淡地說：「我不瞭解你，也不想瞭解你的事。可是我不懂，你為什麼要向我這個冷冰冰的女人求婚，莫非你有異於常人的嗜好？」

李赫諾學她仰頭看月亮，皎潔的月光灑在他身上，照得一身妥貼的軍服更加顯出獨特的氣質。

「妳以為我那麼隨便，只要是女人就想向她求婚嗎？其實我瞭解妳，妳是個意志堅強，有忍耐力，沉著冷靜，感情純潔的女人，是成為我妻子的最佳人選。我希望妳能明白我的心意，相信我喜歡妳，才想跟妳結婚。」

「你在開什麼玩笑，我跟你可沒發展到讓你數得出優點的程度吧？真的要說的話，我很討厭你一靠過來就笑咪咪的臉，像蛇一樣狡猾的眼睛，像抹油一樣的髮型……每看一遍，我心裡就對你更加厭惡！」

「妳真的那麼討厭我嗎？」李赫諾故意問。

瑞姬娜朝李赫諾瞥了一眼，她的眼底有無奈與隱忍的神色，「討厭，特別是你像傻瓜一樣笑的時候，我最討厭了。」

「為什麼？」

「不為什麼。」

她被他這麼一問，頓時打從內心感到一陣如箭刺般的劇痛，「我不需要男人，我恨男人，在他們說愛我而企圖接近我的時候，我就更討厭他們口中的愛，噁心死了！」

李赫諾聽了她低吼的聲音，只是釋懷地微笑，「看妳外表成熟，想不到內在卻這麼像小孩子，妳根本不瞭解愛，才會說出這種話。」

她氣怒地看著他。

「要不要試試？放開自己的心，試著愛上我，妳能體會愛的美好。」

瑞姬娜經過一陣子的沉默，面色十分正經地說：「那可得先讓我敗下陣，否則免

談。」

「我很好奇妳的難題是什麼，聽說妳喜歡玩猜謎遊戲是嗎？告訴妳，我玩猜謎遊戲從來沒有失敗過。美麗的公主，我要定了妳的芳心。」

「很好，英俊的王子，我們來試試是誰征服了誰吧。」她說。

瑞姬娜看見李赫諾給了她一個率真的笑容，便下意識轉開視線，彷彿沒辦法坦然面對這個男人。

她想，李赫諾是個容易快樂的人，他的內心毫無矯飾，不像她有個黑暗悲慘的過去。

就因如此，她才會嫉恨地看待他，想把他臉上的笑容用力抹去。

「妳總有一天會被我征服，到那個時候，妳能感覺自己被我吸引……就像我現在寧願不要命，也要向妳求婚一樣。」

「我想那是不可能的，但是你可以抱著這個夢想死在斷頭臺。」她怨毒地看了李赫諾一眼，口氣仍然冷淡無比。

「好啊，至少我可以做個把妳抱在懷裡的夢，挺美的。」

看著李赫諾毫不在意地對她微笑，這讓處處為難他的瑞姬娜，露出一個虛偽的笑容，好像她不這麼做，就會在李赫諾面前無地自容。

不管如何，這個像無賴似的男人真是氣死她了。她發誓，她一定要想出絕妙的計策來整治他，否則她絕不善罷干休！

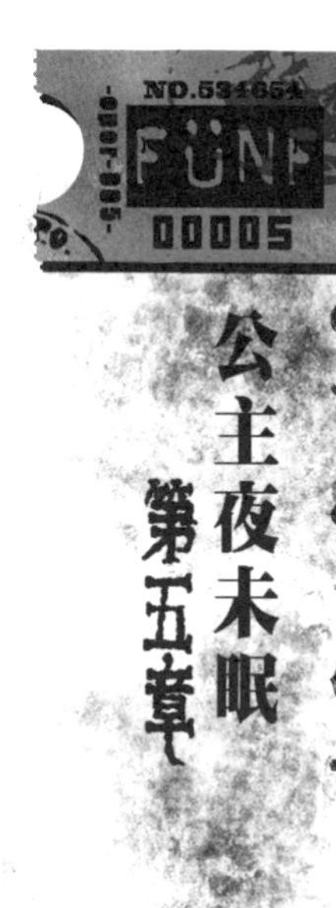

第五章 公主夜未眠

Fünfte Aufzug : princess bleibt wach bei Nacht

隔天，性子急躁的瑞姬娜公主等國王處理完政事，馬上請求父親按照她的計劃召開大會。

當她一早派了侍女，請李赫諾穿著正裝到宮廷大殿，而她早就等不及要在所有王公大臣面前，與李赫諾來場猜謎遊戲，好把他趕出城，省得他在宮裡晃來晃去，惹她心煩。

瑞姬娜沒想到，這個李赫諾沒有王子的自覺，連出席重要場合也不顧全她的面子。侍女明明通知他要穿正裝過來，他卻以一身普通的打扮引起宮廷朝臣對他的注

意。

當她聽見人們談論這次向她求婚的男人，是有史以來最新鮮有趣的一個王子，差點沒氣得把那傢伙的頭砍下來。

「李赫諾王子，這是能彰顯你身分的服裝嗎？」

瑞姬娜坐在一張高椅，抬起下巴，冷冷地看著李赫諾，「我不得不說，本公主對你感到失望。」

李赫諾笑著說：「公主殿下，我相信自己是王子，不管我穿多麼寒酸的衣服，我都是一國的王子，妳別擔心我配不上妳。」

大殿上的諸多臣子聞言，不禁哄堂大笑。

瑞姬娜用力按緊椅子扶手，一對發狠的眼光簡直想殺了李赫諾出氣。

此時一名金髮男子迎上瑞姬娜，好言勸道：「公主，難得這名男子有此勇氣，妳饒恕他的粗俗，直接出題吧。」

「霍亨伯爵說得是。」

瑞姬娜原本還氣得火冒三丈，見男子出面為李赫諾說話，她不浪費時間，立即看向李赫諾。

「好，你準備好開始遊戲了嗎？」

「隨時都行，來吧。」李赫諾一副從容不迫的樣子。

瑞姬娜被他激怒地高昂著頭，朗聲說道：「第一個問題，在這世上最快的就是時間，請問還有什麼東西比時間更快？」

「第二個問題，什麼東西比無價之寶還要珍貴？」

「第三個問題，有什麼東西像冰一樣冷，又像火一樣熱？」

瑞姬娜說完，便得意地注視李赫諾的反應，發現他露出困惑的神色，只覺得高興極了。

看來這個王子跟以前的求婚者一樣笨，完全敗在她智慧的謎語之下。

但是，瑞姬娜因為情緒過於興奮，沒察覺自己急著公布謎題，於是話說得很快，幾乎沒花多少時間——連她自己都不曉得自己說了什麼，好像只是嘰嘰咕咕幾句話，

就把題目說完了。

李赫諾佯裝煩惱似的嘆氣說道：「雖然公主殿下有意刁難我，連出個題目都像在唸經，可我還是聽得懂妳的話喔。」

瑞姬娜震驚地睜大雙眸，然後強裝鎮定道：「好，你說出答案吧。」

李赫諾向她鞠了一躬，接著侃侃而談，「關於妳的三個謎題，第一個答案是思想，第二個答案是笑容，第三個答案是人心……好，我回答完了。」

「你確定嗎？」瑞姬娜警告地看著他。

「十分確定，百分確定，萬分確定！」李赫諾神情輕鬆地回道：「妳還有什麼疑問嗎？」

「李赫諾王子，你為什麼能這麼快就回答出來?這些問題可是連我國最有智慧的大臣都猜不出來！」

「很簡單，因為我比貴國臣子聰明，有知識，自然不難猜出謎題隱藏的答案。」

李赫諾兩手攤平，朝她瞇眼微笑。

瑞姬娜氣得馬上回口道：「真是大言不慚，你也太有自信了吧？馬上給我解釋答案的由來！」

「遵命，公主殿下。」

李赫諾抬起頭，與瑞姬娜緊迫盯人的目光相觸，接著緩緩說道：「思想是這個世界最快，也是最變化迅速的一樣東西，它跟時間一樣都能記載在歷史上，甚至還能改變一切。」

「至於笑容，則是許多活在絕望生活中的人，唯一可以擁有的精神寄託，那比起有形的寶物更加難能可貴。」

「人心，我想公主殿下應該比我瞭解。住在深宮內院，經常看見各種勾心鬥角的好戲，處在這種環境長大的妳，不就是像冰一樣冷，像火一樣熱的最佳例子嗎？」

站在大殿上的廷臣，包括國王聽見李赫諾解釋的一番話，紛紛抽了口氣。

「答得真好。」一個臣子說：「還反過來將了公主殿下一軍。」

另一個臣子則惱怒道：「這個男人竟敢明著嘲諷公主，真是大逆不道！」

霍亨伯爵站在諸臣中間，他沒說什麼話，臉上只有詭異的笑容。

瑞姬娜思緒紊亂，她被李赫諾的解釋折服得無話可回，居然找不到一句反駁的話，彷彿這樣敗下了陣。

「公主殿下認為我的解釋妥當嗎？」

李赫諾故意笑得迷人，只因他知道他的笑容可以刺激瑞姬娜，他就想看這個冰山公主抓狂的樣子。

瑞姬娜雙眼圓睜，胸口因為狂怒而激動的起伏著。

這時候，霍亨伯爵自人群走向瑞姬娜，在她耳邊提意見的說：「看公主很苦惱的樣子，不知微臣可不可以說幾句話？」

瑞姬娜點點頭，「說吧，霍亨伯爵有何高見。」

「記得公主昭告天下，只要有人解開妳的謎語，妳就願意答應他的求婚，看來這位李赫諾王子正是那位幸運兒。」

「依微臣之見，公主不妨假意答應他，之後要怎麼對付他，還是操控在妳手

中……就算你們要結婚，妳還是有辦法逼他打消主意，不是嗎？」

她聽見伯爵的一番話，不禁恍然大悟地點頭，「是啊，那個男人只是猜謎贏我而已……如果提到結婚，那又是另外一回事了。」

「沒錯，妳可趁此機會找臺階下，才不會被人議論成不守信用的公主喔。」霍亨伯爵笑道：「如果公主願意，微臣可以代您宣布這件消息。」

瑞姬娜與國王說了幾句話，接著點頭，接受伯爵的安排。然而她卻因為哽著胸口一股怒氣，不等伯爵宣布消息，氣憤地站了起來。

這時，李赫諾叫住急於揮袖而去的瑞姬娜，說道：「看來公主殿下好像很不服氣，就算我解開妳的三個難題，妳還是不服輸！」

「這樣好了，我也來出一道謎語給妳猜，如果妳猜得出來，本王子情願一死以保護妳的面子……如何。」

瑞姬娜聞言，輕視地挑眉。但是她不能不承認，她確實被引起了興趣。

她看向李赫諾，臉上有躍躍欲試的神色。

「憑你也想跟我談條件？有趣，把你的謎題說出來，好讓本公主猜透你的問題。」

「那麼我就說了。其實，李赫諾只是我的化名，我一直隱藏真實的名字，好讓仇敵找不到我。只要妳猜出我的名字，這個婚約就不算數……很簡單吧。」

瑞姬娜臉色僵硬的點頭，「這話可是你說的？」

「當然，在大殿上的各位大人，都是今天的見證者。我言出必行，不會暗中抵賴……想必公主殿下也不會抵賴和我之間的婚約，對嗎？」

她被李赫諾毫無規矩，充滿諷刺與試探的話堵得無法回嘴，只好恨恨地看了他一眼，頭也不回的離去。

位於深宮內院的長廊上，傳來一道急促的腳步聲，接著有另一道輕柔的腳步聲，

瑞姬娜停下回房的腳步，回頭看著站在自己身後，那個臉上有著平淡微笑的金髮男子。

像在跟著前者似的緊追不放。直到長廊靜止了所有聲音，這時候的氣氛就像暴風雨前的寧靜，也像緊繃的琴弦，只要輕輕一挑，纖細的琴弦就會斷裂。

瑞姬娜停下回房的腳步，回頭看著站在自己身後，那個臉上有著平淡微笑的金髮男子。

「公主殿下，妳的心情好像不太好。」

霍亨伯爵口氣淡然得一如談論天氣。

「霍亨伯爵，你明知故問，難道我看起來只像心情不好嗎？」瑞姬娜眼神憤怒地掠過他的笑容，接著壓抑情緒，變得沉默。

伯爵上前走了幾步，看著瑞姬娜的眼神十分冷淡，「公主殿下，妳心裡有氣就說吧，微臣願為妳分憂解勞。」

瑞姬娜聞言，再也忍耐不了，趕緊把積藏心頭的氣惱宣洩道：「自從我被釋放以來，從來沒有一個男人能讓我輸得這麼淒慘！那個叫做李赫諾的男人，居然當眾一再羞辱我，毫不顧念本公主的面子！我恨透他了，非殺了他不可！」

「哎呀，瑞姬娜公主，妳這麼恨他啊?別急著生氣，日子還長得很，要報仇並不難，問題是妳要怎麼做。」

霍亨伯爵瞇著眼睛，緊抿的嘴唇迸出一絲瘋狂的細微笑聲，「或者，讓微臣教妳一招……妳跟他來個明爭暗鬥，看誰究竟能征服誰吧。」

「什麼意思？」瑞姬娜明知故問地冷笑。

其實聰慧如她，早就聽出伯爵的言下之意。

霍亨伯爵沒說什麼，他抬起手臂，快速地向下一劃，「就是這個意思。妳想辦法，在宮裡做了他，只要王子一死，妳就不必結婚了。」

「你好狠毒。」

瑞姬娜口中充滿震驚的語氣，然而她的笑聲卻很愉悅。

「最毒婦人心。公主殿下，妳早在十二年前，應該學會這種勾心鬥角的玩意了。」

「嗯，自從母后被誣陷致死……我就明白，微小的正義抵抗不了複雜的人心，只

有權力與金錢，才能收服並操縱人心。」瑞姬娜說完，看向霍亨伯爵，「有時候我對你很感興趣，不知道你為何如此幫助我，但是我不想追究你的過去。」

霍亨伯爵臉上帶著敬畏，口氣虛偽地說：「我對殿下只有一片忠心。」

「算了吧，我知道你有目的才會接近我……在你顯露真面目之前，就待在我身邊吧。」瑞姬娜停留片刻，又說：「別跟來，我要去祈禱。」

「微臣遵命。」

霍亨伯爵一聲低語，恭送瑞姬娜的身影離去。過了一會，只見他若有所思的沉浸在自己的世界，露出一道冷冽的猙獰笑容。

◆・◆・◆

大殿上舉行的猜謎遊戲結束後，李赫諾私下纏著國王，問他一些關於瑞姬娜的事。也藉由國王之口，重新認識了瑞姬娜。

十幾年前，國家經過改革，接受並承認信仰的存在。宮廷信奉教義，編寫經書，藉以定論是非曲直的矛盾條理，以神的名義制裁所有邪佞的罪名。但是，誰都沒有想到神聖的信仰，竟然演變為一連串的權貴鬥爭。

「唉，瑞姬娜變成今天這種陰沉的個性，我也有一部分責任要負。」國王說：「當初她的母親——克里斯緹安王后被告發為魔女，送上斷頭臺的時候，她親眼目睹王后的死。我沒有向她解釋整件事的經過，反而擔心她身上的詛咒會危害我，於是聽了幾個貴族的意見，把她關進冷冰冰的高塔，害她再也無法露出真心的笑容。」

「那麼，公主身上的詛咒又是從何說起？」李赫諾問。

「就像傳聞說的，王后向魔鬼祈求，希望瑞姬娜擁有無與倫比的美麗，卻不能感受自己與他人的痛苦與快樂……她變得冷血殘酷，而且痛恨男人，才會舉辦猜謎遊戲，殺了無數的求婚者。」

「真有意思呢，她可能以為這麼做，就能消弭她心中的恨，但是今天被我這麼一鬧，以公主殿下的脾氣來說，她不會善罷干休。」李赫諾說。

國王擔心地看著他，「我這個女兒很令人頭痛，但是我現在只希望她可以幸福，你有這個自信嗎？」

「請國王陛下放心，沒問題的。」

「看來你很常說這句話……那麼，我就期待你打動她如頑石的心了。」

李赫諾笑了笑，一點也不在乎惹火瑞姬娜。

他認為像她這個故作堅強的女子，背負了沉重的過去，如果他沒在她身邊，她一定會像那天在街上，一個人孤零零的……

他要打破瑞姬娜心中那座冰山，帶領她見識人生。

李赫諾拜別國王，與在長廊等候的隨從漢斯碰面。

相較於緊張擔心的隨從，李赫諾那副老神在在的模樣，可讓他又忍不住說嘴起來。

「王子，我要警告你，現在宮裡好多人都在猜測你何時會死於非命……這次你真的玩得太過火，難道你沒看見公主瞪著你的那張臉，就好像看見仇人一樣嗎？」

李赫諾聳肩，「讓她去恨，讓她去想辦法殺我吧。不是有句話說，打是情，罵是愛嗎？她越討厭我，我得到她芳心的機會越大啊！」

漢斯沉痛地撫額，「只怕她在愛上你之前，就先一刀殺了你，那我們不就會命喪異鄉嗎？」

「漢斯，你對我有信心一點好嗎？難道我不夠帥，沒辦法讓那個女人愛上我？」

漢斯偷看了他一眼，說：「你正經起來是挺帥的，但是不正經的時候看起來好討人厭。」

李赫諾大怒，「你說什麼？」

「哇，王子，我什麼也沒說！」漢斯轉頭，拍拍李赫諾的肩膀，「王子，你看，那邊的兩個人，不就是瑞姬娜公主嗎？好像還有一個男人耶！」

李赫諾經隨從提醒，看到瑞姬娜與霍亨伯爵形影不離的走在一起，他隨即記起霍亨伯爵曾在大殿露出一個奇怪的冷笑。他對這種長得異常漂亮的男人反感至極，連忙拉著漢斯往反方向離開。

「我不是命你在宮殿打轉打轉，向侍衛宮女問一些可靠的情報嗎？你知不知道那個霍亨伯爵的事？」

漢斯立刻說：「當然有，我問了好多！聽說那個伯爵雖是廷臣，但也是音樂家。他常在半夜跑到城堡地下室的牢房唱歌，拉奏小提琴，一副狂人的樣子，他在宮裡特立獨行，大家都對他注意得不得了。」

「他這個人的存在很奇怪，不但出身不明，年紀不明，連名字都好像是假造的，就像突然之間從地底鑽出來一樣。」

「怎麼說？」李赫諾眉一挑。

「他的名字叫做霍亨伯爵，那個霍亨意指高貴，根本不是姓氏啊！而且，他是公主殿下跟前的紅人，不管他做什麼，都能引起不少人的談論。有人說他和每個貴族夫人都有私情，有人說他是永世流浪的吸血鬼……反正這個人很奇怪就是了。」

「我對這樣一個經常不出現在宮裡的臣子很感興趣……漢斯，你再去向幾個人探聽這人的消息，我要在宮裡四處走動，認識環境。」李赫諾適時斥退隨從，下意識的

回到剛才的迴廊。

當李赫諾依靠直覺走到迴廊，他的眼中映入了一個長髮男子的身影。他定神一看，赫然發現那人就是霍亨伯爵。

他瞄向長髮男子從一扇鐵門裡走了出來，臉上表情平淡。直到男子與看守鐵門的侍衛交代了幾句話後離去，李赫諾急忙跑到侍衛身邊，壓低說話的聲音。

「請問一下，通往地下室的牢房要怎麼去？國王陛下派我替他送個東西，但是我找不到路……麻煩你告訴我，侍衛大哥。」

侍衛聞言，隨即發現來人居然是個王子，連忙鞠躬哈腰，一點也不懷疑地答道：「王子殿下，您來得正好，就是這裡，我替您開門吧。」

「勞煩你了。」

李赫諾看見侍衛吃力地打開鐵門，他眼前出現一道通向牢房的黑暗樓梯。他懷疑的眼神在一片黑暗中不斷游移，很難相信這裡居然有牢房。

他想了一想，決定進去看看，說不定能找到霍亨伯爵的秘密。李赫諾踏出步伐，

開始沿著迴旋的樓梯往下走。

李赫諾一面拿著火把摸索狹窄難行的階梯，一面聽著自己的腳步聲響起。

一道陰冷的風吹了過來，他抑止不住受驚，心想這裡大概是王城最為黑暗的地方了。

過了一會，他聽見一道微弱的輕蔑笑聲，淒淒冷冷地響著，像鬼魂在哭泣，也像從潮濕地底傳出的無盡呻吟。

李赫諾嚇了一大跳，但是他決定去探個究竟，便試著放慢腳步接近那正在笑的黑影。

他扶著生滿濕苔的牆壁，每個腳步都很小心翼翼，如履薄冰。

他看不見是誰在笑，但肯定是人，不是可怕的鬼魂。

就在李赫諾走過樓梯，踏上監牢地板的時候，鬆了一口氣。接著他將火把晃了晃，照亮了牢房，發現什麼都沒有，感到有點失望。

「霍亨伯爵究竟為何要到這裡……我還以為可以在這裡發現他的秘密。」

這時候，一道聲音像是替李赫諾解惑地響起。

「你想知道他的秘密嗎？」

李赫諾飛快地轉身，把手中的火把當成防衛的西洋劍向前一劃，照亮了一個監禁犯人的牢房。

「是誰？」他吃驚地叫了一聲。

「這個國家雖然被神聖的宗教洗禮，卻一再上演由殺戮與血腥交織而成的悲劇。王室權貴病態地尋找可疑的女人，把她們當成魔女殺死，只是為了掌握宮廷的權力，不惜讓宗教沾染罪惡……」

「是誰在說話？」

李赫諾感覺一道陰風不斷朝他面前吹過來，有些不安。

「抱歉，在此時打擾你，請問你願意拯救一位被詛咒的公主嗎？」

沒多久，他在黑暗中找到一個陌生的凌厲目光。

當他拿起掛在牆上的火把，看見一個男人坐在牢房地板，左眼死死地盯著他，讓李赫諾不禁訝異。

「你說的公主……是瑞姬娜嗎？」

那男人帶著一種深刻的神情看著李赫諾，覺得此人彷彿可以帶他走出困境，於是急切地把李赫諾叫來面前，懇求道：「不管你是誰，請幫助我。」

李赫諾膽大心細，沒花多少時間，隨即適應眼前突如其來的變化。

他看向被關在鐵牢裡的男人，雖然臉上帶傷，可他依舊能從男人的眼神發現那份想生存的渴望。

「你不想問我是誰，但我得知道你是誰……報上名號吧。」

「初次見面，我的名字叫做說書人，因為被奸人所害而入獄，要是我不能在明天日落前離開這裡，就要被斬首了。」

「喔……這麼說，你不是犯人。」李赫諾想了想，「好，我要怎麼幫你？」

「看你穿著不凡，又能進出此地，你是權貴嗎？」說書人緊抓李赫諾的衣袖不肯放，深怕他一個走開，自己就沒法子活著出去了。

李赫諾簡短道：「不是，但我能在國王面前為你求情。你是賣故事的商人嗎，怎麼會得罪國王陛下？或者我現在請他放你出來？」

「請你千萬不要直接對國王這麼說，你能換個方式嗎？」說書人說：「我和某人有約定，必須留在宮裡……如果你肯幫助我，就把我帶到宮裡，留在你身邊，感激不盡。」

李赫諾挑眉看著說書人，對他神秘的一番話感興趣極了。

「有一個附加條件。」

「什麼？」說書人防備道。

「告訴我霍亨伯爵的事，我就讓你活著出現在他面前。」李赫諾說。

說書人恍然大悟地看著李赫諾，發現此人是他在宮裡的一顆棋子，只要好好利用

他，要對付魔鬼就容易多了。

「沒問題。」

他瞇著眼睛，接受了李赫諾的條件。

李赫諾由於被說書人拜託的緣故，在與他分開的同時，跑去向國王求情，希望能在他與瑞姬娜結婚之前，能夠將所有的犯人釋放出獄，這樣對國家的形象才會好。

國王被李赫諾說動，也決定不再追究說書人的出言不遜，看在李赫諾的面子上，讓他在問斬前一天的夜晚無罪釋放了。

說書人獲得釋放，李赫諾趁勝追擊，又趕緊向國王提出要求。

他說自己與說書人一見如故，希望讓此人以王子友人的身分留在宮殿，直到他與瑞姬娜完婚。

儘管李赫諾為了一個說書人如此大費周章，令國王懷疑這兩人是否曾經見面，或是有私交。不過國王想讓李赫諾與瑞姬娜結婚的念頭，已經壓倒一切，他沒多問李赫諾原因，連忙答應這個準女婿的請求。

當天晚上，在國王的命令下，城堡又召開了一場奢華的晚宴。

夜幕漸漸低垂，嫵媚的滿月在雲彩的圍繞下悄悄現身，增加了夜晚的情趣。

當國王領著瑞姬娜出席晚宴，李赫諾也算準時間趕到現場。他穿上華麗的衣裝，與重新著裝的說書人一起參加宴會。

兩個男人穿著挺直妥貼的軍裝，顯出一身的好體格，成為宴會不少仕女注意的焦點。

「對不起，來遲了。」李赫諾笑著介紹站在他身旁的說書人，「讓我替兩位介紹一下，他是我很好的一個朋友，名叫施洛德・戴維安……我沒說錯你的名字吧。」

說書人汗顏地看著李赫諾，「正確無誤，先生。」

他真不想告訴李赫諾，通常朋友間不會在介紹完之後，還一副心虛的樣子，這根

本擺明他們第一天認識。

國王不是很在意說書人，他聽過李赫諾介紹的臺詞後，朝說書人點點頭，「喔，你被釋放了啊，看在李赫諾的面子上，本王准你參加宴會，可別再亂說話了。」

國王說完，匆忙地離開原地，跑去向其他貴族談話。

「呼，好險，多虧我華麗的把你帶出場，國王才沒起疑。」李赫諾說。

「不，那是因為他懶得理我。」說書人道，接著把視線移向身上這套白色軍裝，神情彆扭地說：「王子殿下，在下可否詢問一個問題。您說我那件西裝破爛得無法穿來赴宴，於是建議在下換裝，可是為何要穿您的衣服呢。」

「喔，沒什麼原因，我只要你陪襯我俊帥的容姿。男人果然還是得穿拘束的高領軍服才好看……你說對嗎？」

說書人透過李赫諾自戀的模樣，彷彿看到另一個令人受不了的傢伙。

他沉默著，不想跟這人多談任何無意義的話題，同時他的心裡卻想著，這個宴會藏著魔鬼變裝的分身……不知何時會出現，他覺得不安，擔心今後產生更大的變化。

說書人暗中觀察李赫諾，見他沒有一刻靜得下來，隨時都想跟人說話，甚至沒等自己開口，又跑去找年輕侍衛聊天，根本沒有王子高貴的氣質。

說書人看著李赫諾，決定利用他來反擊魔鬼，但是他要怎麼反擊，卻還在思考。不管怎樣，他要找出魔鬼的邪惡和醜陋，狠狠嘲笑對方一番，他才能出得了被關在地牢的這一口氣。

這時，說書人從李赫諾身後，看到一個身穿軍服的金髮男子走了過來。

男子身上穿著的軍服款式與他們相似，不過卻是一身深邃的黑色。他頭戴軍帽，肩上圍著紅色襯裡的披風，看來很有氣勢。

說書人站在宴會角落，期待地看著男子走到自己面前，他想知道這人見到自己，究竟會有什麼反應，會說怎樣的話。

男子一路穿過站在宴會中的人群，他不跟人打招呼，而是一步又一步的向前走著，最後停在說書人面前，臉上帶笑的看著穿白軍服的說書人。

「你還沒有死啊？」男子冷嘲熱諷地說著。

說書人溫和的笑了笑，沒有回答，感到內心的所有苦悶，都隨著這名男子的出現而煙消雲散，「承蒙你近來幾天的關照，只要你沒死，在下也不會丟下你去死的。」

「喔……是嗎？」男子故意拉長了話音，一副驚訝的模樣，「對了，我向你自我介紹，我是霍亨伯爵，請你在這裡稱呼我這個名字就好。」

「我看你待了幾天地牢，一副病懨懨的樣子，像個嬌弱的美人站在這裡，莫非你在等我出現？」

「霍亨伯爵，恕我不陪你了。關於我們之間的這筆帳，以後再跟你慢慢算。」

說書人轉開視線，高昂地抬起頭，一副忽視伯爵的樣子。他走到宴會中心拿起一個酒杯，將霍亨伯爵遠遠的拋在後頭，再選了一張躺椅坐下，一個人獨自喝著悶酒。

他想，霍亨伯爵會用冷酷的方式對付他吧……但是，這傢伙會怎麼做呢？會像他一樣利用別人的勢力對付他嗎？

雖然在他心裡，充滿對霍亨伯爵的恨，可是他卻不能不承認，自從見過霍亨伯爵，他內心覺得舒坦多了。

說書人專心喝著口感苦澀的酒，才一眨眼的光景，他馬上察覺身後多了一個令人厭惡的存在。

「好漂亮的頭髮。」

霍亨伯爵靠在說書人身後，一臉笑得不懷好意。他故意用手挑起說書人的一撮灰髮，語帶暗示地說：「夜色好美，你卻一個人喝酒……實在太可惜了，我來陪陪你吧。」

說書人睜圓雙眼，抗拒的推開伯爵，怒聲道：「你竟敢羞辱我？」

「哈哈哈，我只是想跟你舉杯對飲，互訴彼此的真心，你也可聽聽我不為人知的秘密。」

「去你的，我才不想聽！」說書人站起身。

「是嗎，難道你不想知道，我們那個遊戲要怎麼進行？」

對他說的話，說書人沒有反駁的餘地，只好勉強擠出微笑。他知道自己一直被霍亨伯爵的言行牽絆，但是對這個男人的憎恨不曾退去。

「你的個性有夠剛愎固執的，別再擺架子了。」

霍亨伯爵一手拿著酒杯，一手搭上說書人的肩，柔聲說：「今晚月色很美，就像五十年前的那個晚上，你的身上染血，美得令人動心……難道你要我在大庭廣眾下說這種話嗎。」

「你威脅我？」說書人怒道。

霍亨伯爵微笑的帶開話題，「我有一個問題想請教你……你相信愛與幸福能同時存在嗎？」

說書人困惑地看著他，「當你這麼說，就代表你又在動壞主意了。說吧，遊戲要怎麼進行？」

「你什麼也不用做，只要睜大眼睛，看我玩把戲就夠了，我要讓那個小公主，成為讓男人一見顫慄的冰雪女王。藉由這次的遊戲，向你證明真愛和幸福不可能同時存在，如果我能成功，就代表你輸了。」

「這次的遊戲好像很簡單，但是，你為什麼要對一個失去母親，還被父親拋棄的

可憐少女下此毒手，她得罪你了嗎？」說書人責備地看向伯爵。

霍亨伯爵問：「你幫她說話……難不成，你喜歡那個小公主？」

說書人不以為然地笑道：「說實話，你在我心中比較重要。」

「你以為這麼說，我就會比較高興？」

「你想太多了，我只想取得遊戲勝利，逼你收回我妹妹靈魂的詛咒……所以我不會乖乖坐著不動，別忘了，這個世界上只有我可以跟你對抗，不受你的誘惑。」

伯爵聞言，臉上浮現一個不明顯，但說書人可以輕易看見的微笑，「說得也是。你身上有我降下的詛咒，注定一輩子受我控制，你想要幸福的話，向我求饒吧。」

「你的白日夢再做個一千年，或許願望會實現。」說書人冷冷地說。

霍亨伯爵忍不住大笑，「哈哈哈，你的笑話越來越幽默了，如果你願意用自己當賭注，我就稍微跟你玩玩。」

說書人藉著喝酒，大膽地直視霍亨伯爵。

見他眼神變得溫柔，說書人來不及細想，只覺得男人眼神失去以往的攻擊性，而

充滿深切的盼望。

儘管他對霍亨伯爵冷漠，可是他卻像受了對方眼神吸引似的，沒辦法把視線轉開，只怕再這樣下去，他怕自己做出讓自己難以置信的事。

說書人深吸一口氣，「好啊，我們來試試，看誰的力量能壓倒誰吧。」

伯爵驚奇地說：「平常你總是拚命反抗掙扎，你這次居然附和我，真不可思議……但是你打算阻礙我，接著去救那個小公主嗎？施洛德，你變了，居然一再跑去救那些人類，而不是拋開那些感情決心殺我。」

「當然不是。」說書人有些慌了，忙著解釋道：「我只是於心不忍……」

「是嗎？」

霍亨伯爵的眼眸銳利地看著他，「真的只是這樣？還是你的毛病又犯了，看到公主長得漂亮，心動了？」

「你的推理實在太無聊了。」

說書人轉開視線，重重嘆氣，「好吧，你愛做什麼就隨便你！我這次不管閒事，

只站在旁邊看，可以嗎？」

霍亨伯爵目光堅定地看著說書人，「好，憑你這句話，我相信你。」

第六章 公主夜未眠

Sechste Aufzug : princess bleibt wach bei Nacht

霍亨伯爵與說書人悄悄退出宴席，另一方面，李赫諾與瑞姬娜也開始有了互動。

話說，這場宴會隨著夜晚，呈現一股浪漫迷人的美好氣氛。許多權貴因為得知瑞姬娜公主的婚事將近，於是紛紛前來參加，使得這場別開生面的盛大場合，到處都看得見人們歡笑的情景。

李赫諾不斷穿梭宴席，四處找人聊天說話，他藉著與幾位年輕侍女的談話之便，熟悉了宮廷內部的複雜關係。

他不找王族成員，卻選那些在宮中最沒有地位的侍衛宮女拉攏感情，除了方便打

聽消息，也免去繁瑣的禮節，他覺得能毫無顧忌與人談話是最好的。

這時，專門為宴會演奏的古典樂團，剛結束一首曲子的演奏。賓客們讚賞樂曲，給予熱烈的鼓掌，也讓宮殿盛宴的氣氛變得更濃郁。

李赫諾心想，比起這個宴會數不清的美食，還是耳邊偶爾傳來的樂曲讓人印象深刻——他感激地看著站在二樓高臺下的一處小舞臺，向古典樂團的成員致上微薄的敬意，同時看見高臺上的熟悉人影。

瑞姬娜獨自坐在長椅，像觀賞戲劇般無聊地眺望宴會進行的情景。可惜的是，不管樂曲演奏或熱情的舞會開場，她好像一概沒有興趣，只是像個精雕細琢的娃娃坐在那裡，儘管有不少貴族與她談話，她也不理。

李赫諾見她仍然穿著一身的黑喪服，頭上披著黑紗，看來有種與人群格格不入的模樣，像朵只生長在險峻高嶺的孤傲之花。

他突然想到，自己還沒找到機會與她單獨說話，看來現在正是好時機。

李赫諾見瑞姬娜身邊沒有人陪著，便跑上樓，像是給瑞姬娜驚喜似的故意踩重腳

步聲。

「我可以坐在妳身邊嗎？」他問。

她沒說話，表情冷得一如不在乎身邊的人究竟是誰。

李赫諾見狀，厚著臉皮往長椅坐下，順便給瑞姬娜一個微笑。

一個王子，一個公主，兩人坐在一起，顯現宛如童話般的情境。只見李赫諾穿著挺直的棕色軍裝，胸口繡著金色花紋，別了幾個鍍金的胸章，其華麗的模樣與瑞姬娜暗沉的穿著相較，彷彿成為兩種恰到好處的對比美感。

過了許久，瑞姬娜突然說道：「你怎麼敢坐在這裡呢，難道你不怕我嗎？」

「為什麼我要怕妳？」他問。

「我知道父王跟你大概談過我的事，你既然已經知道我是怎樣的女人，該懂得保護自己。否則哪一天發生意外，你卻不曉得自己怎麼死的……難道還不怕嗎？」

李赫諾無視她撂下的狠話，依舊保持一貫讚美的口氣。

「我知道妳的過去，也瞭解妳為什麼從來不笑的原因……可妳今天打扮得這麼漂

亮，好像童話故事的公主，一個人承受著可怕的詛咒，心被囚禁在高塔，需要王子拯救妳……」

瑞姬娜大聲打斷他的話，「夠了，你把我當成什麼，柔弱可憐又無依無靠的公主嗎？就算沒有王子，我也不會暗自哭泣。」

李赫諾安靜地咀嚼了一番她說的那些話，接著拍手，「了不起，妳喜歡逞強，就繼續保持下去吧。就算妳否認，我還是認為我們兩人的相遇，是上天注定的安排。」

瑞姬娜再也裝不出無視李赫諾的樣子，於是急怒地看著他，「聽好，我討厭你的程度，比其他男人更勝一百二十倍！」

「我聽過一句話，討厭的反面意思就是喜歡。難道妳愛我的程度，已經超越了其他男人？」

李赫諾故作迷糊地看著瑞姬娜生氣的臉，進而捉弄她地說：「老實說，不管妳多討厭我，只要妳越抗拒，我就越想去追妳。」

瑞姬娜觸及李赫諾微笑的目光，她有種這人在嘲笑自己的感覺，於是渾身發抖地

看著他，氣得不說話。

「我的公主，別再鬧彆扭了。雖然妳鐵青著臉的模樣也很美，但是我比較想跟妳聊聊天，熟悉一下彼此，因為再過不久，我就要娶妳為妻。」

「我不可能跟你結婚，永遠。」瑞姬娜道。

「是嗎？如果妳大方坦率地接受我的愛，那才是個可愛的女人呢！放心，我能拯救妳，使妳不再飽受內心的煎熬。」

「真是大言不慚，你這人煩死了。」

瑞姬娜抱怨道：「明明是個男人，卻一天到晚滿嘴愛啊愛的說個不停，你究竟想怎麼樣？」

「真奇怪，妳連皺眉生氣的相貌都這麼美。」

「女人長得美沒什麼用，難道你沒聽過紅顏多薄命嗎？」

「妳的心腸這麼狠毒，應該可以多活幾十年，保證沒問題。」李赫諾壞心眼的微笑。

瑞姬娜緊握拳頭，若不是在公眾場合，她還真的想賞他一巴掌，「夠了，什麼上天注定的安排？難道你是上天派來氣我，讓我短命的嗎？」

「當然不是，我身負成為妳未來夫婿的使命，要讓妳遠離黑暗。妳想，這份苦差事若不由我做，誰來做呢？」

「我不想跟你說話！」

瑞姬娜轉開視線，一副打死都不跟他有交集的模樣。

可是，她沒過一會就忍不住偷瞧著李赫諾，看他臉上始終保持著笑意。她想了想，覺得自己太容易受他影響，如果想改變現況，她最好改變態度，這也是瞭解敵人並成功之誘殺的手段——要是想戰勝敵人，就先戰勝自己。

她無聲的嘆氣，態度軟化了下來，「你要不要先跟我說點關於你自己的事情呢？」

李赫諾問：「喔，妳開始對我有興趣了？」

「我說，你的腦袋只能想到這方面的事嗎？本公主不喜歡這個宴會，只好找一些

不是那麼無趣的話題……不說的話就算了。」

「好，我說，妳想知道什麼？」他反問道。

「比如說，你的身世，你出生的背景，或者……你為什麼想取這個化名的由來。」

瑞姬娜口氣淡然，但是她看著李赫諾的忍耐眼光，跟看一隻蟲子沒兩樣。

李赫諾洞悉她言下之意的說：「我知道妳有心機，想趁機問出我的名字……可惜的是，我不會告訴妳的。」

她氣急地看他。

李赫諾仍然不以為意地說：「我很想再跟妳聊聊，可是現在夜色好迷人，待在皇宮這麼苦悶……還真可惜呢，妳不介意的話，要不要跟我出城走走？」

瑞姬娜有些困惑地看著他，「你把整座王城當成自家後花園，好像你要走就走，誰都阻擋不了你。」

「沒錯，就是這個意思。想想，我們的身分那麼特殊，卻受困在一個美麗的籠子

裡面，無法體驗人生最平凡的快樂……那樣活著，不是很不痛快嗎？」

李赫諾見瑞姬娜對他的話沒有反應，便說：「妳坐在這裡，難道不覺得無聊嗎？妳如果想瞭解我，最好的辦法就是無時無刻跟著我，體驗我的人生，那麼妳就會覺得，妳以前的日子都是白過了！」

瑞姬娜聞言，呆望著他，臉上交織著掙扎與猶豫的糾結神色。

是的，她從以前到現在的人生都過得沉重極了，她自己也知道，但就是不願意面對。然而這個男人所說的話，竟然撞進她的心坎裡，讓她幾乎忍不住想要答應他。

「不行，我是公主，不可以毫無忌憚的離開王城。」她頑固地轉過頭，不願看李赫諾，就怕被他說服。

「難道那天在街上見面，妳是光明正大溜出來的嗎？不然這樣好了，我們穿上老百姓的衣服，只出去一會，馬上回來如何？」

「可以嗎？不會被發現嗎？」

她看著他的臉，難以掩藏想逃離這裡的渴望。

「我答應妳，比妳坐在這裡還有趣喔。」

瑞姬娜不知為什麼，聽李赫諾這麼一說，她只想把對李赫諾的偏見，還有自己掛念的一切事物都拋向腦後。當她把手放在他伸過來的厚實手掌，便跟著他在黑夜中逃出了宮殿。

瑞姬娜以為李赫諾只是一個虛有其表的王子，沒料到他在邀她出城之前，就已將一切道具備妥。

當他們跑到城裡一個隱密的房間，與隨從漢斯見面，從他身邊拿到兩套粗糙的男女服裝，一頂黑色假髮。

李赫諾吩咐瑞姬娜換上衣服，替她戴上假髮，最後跟漢斯交代幾句話，就像風一樣不引人注意而迅速地離開王城，踏上雷德利希的土地。

夜晚冰涼的風撲在瑞姬娜臉上，她喘了幾口氣，感覺從未這麼興奮過。

雖然瑞姬娜時常利用公主的權力跑到雷德利希，但大多還是在王宮侍衛的監視眼光下，駕著馬車走走看看就又回王城，像這樣毫無拘束的跑出來，還是第一次。

在李赫諾的安排下，他們跑去參加老百姓對外開放的宴會，不管是誰都可以輕鬆自由地參加。

雖然一切不能與宮殿的宴會相比，當他們與人們一起唱歌跳舞，瑞姬娜體驗到李赫諾所說，這是她沒接觸過的另一種人生。

人們一起舉杯喝酒，高興地談天，有時候一開心就隨著音樂擺動身體，誰也不在意跳舞是否好看，大家開心就夠了。

李赫諾受到人們激情的影響，他有些忘情地拉著瑞姬娜一邊喝酒，一邊談起了自己的事。

「我來自一個很遙遠的國家，那裡的人民生活十分熱情，開放，自由……就像我們現在看到的這樣。」

「那你為什麼要離開自己的國家，而不堅持留下呢？」瑞姬娜藉由酒精的催化，放開對李赫諾的偏見，坦然地問他問題。

李赫諾苦笑著說：「每個人都有自己一段無奈的過去，至於我嘛……當時還只是一個十幾歲的孩子，王室因為內部叛亂而動盪不安，但是母親卻因為跟鄰國的國王私通，將我的父親陷害致死，我只好選擇流亡，拋棄過去。」

瑞姬娜聽覺，才發現李赫諾的人生原來不如她所想的順遂，便目光炙烈地看著他。

李赫諾談起這些，臉上雖然有些不自在的笑容，不過比起他在宮殿老是挑釁她的嘴臉，他現在這副這模樣比較讓瑞姬娜不麼討厭。

「你不後悔嗎？從一個能呼風喚雨的王子，變成一個平民……你要是不想辦法奪回權位，很可能什麼都不是了。」

也許是瑞姬娜發現，李赫諾生長的環境與她有些相似吧。她藉由聽他說話，不自覺感慨起來，忍不住多問了幾句，洩漏出她的心思。

「我比較喜歡這種人生，宮廷裡面太多的權力鬥爭，還是簡簡單單過日子的好。」

瑞姬娜不信地看著他，「你說得好簡單，我不相信你能說放就放。」

「其實不只是妳，我也背負了沉重的十字架……但是，我想讓妳明白，放下仇恨的話，妳會過得比現在更快樂。只想著復仇的人生很痛苦，妳不應該依靠這個而活。」

瑞姬娜藉由李赫諾述說的故事，發覺他們其實是相像的兩個人，只是李赫諾選擇放逐，她選擇執著地復仇……瑞姬娜想著，卻仍然想不透李赫諾要告訴她的話。

「我認為，活著是非常辛苦的一件事。」

「那你為何還沒去死？」瑞姬娜恨聲說。

「因為我捨不得丟下妳去死啊。」李赫諾微笑道：「當我跟妳初次見面，我開始相信人生有愛……妳知道嗎，妳是我心中的愛神，特地為我送來溫暖的感情。」

「我跟你說過多少遍，我討厭你討厭得不得了，還希望你這個人不曾存在！我不

明瞭的是，你的感情為何那麼熱烈而執著呢？」

「我殷切地期望，在妳冷淡的面孔底下，有顆溫柔的心。就像那天在街上見到妳，雖然我與妳只是偶然相遇，我卻相信妳是個有感情的人，只是妳母親的死讓妳太悲傷，所以……」

瑞姬娜惱怒道：「住口，不准你評論我的為人！」

李赫諾說：「我還記得當我答出妳的謎語，妳難堪得不得了，甚至勉強接受我的求婚。但如果妳願意，妳可以馬上派人暗殺我，讓我不存在……可妳始終沒有那麼做，不是嗎？」

她不認同地說：「我不是不殺你，是在想一個完美無缺的殺人計劃！」

「這麼說，妳想殺了我嗎？」

「我怎麼可能不想殺你？要是沒有你的出現，我今天就不會受到這些羞辱，也不必煩惱如何擺脫你！」

李赫諾聽見她這麼痛苦的一番話，不再有先前輕浮的言語，而很認真地回答：

「妳不是怕我這個人，是怕妳自己被我改變，怕我打破妳心中那座象牙塔……對不對？」

「夠了，你一點都不瞭解我心中的感受，別用諒解我的口氣說話！」

「是，我不瞭解，所以才要試著瞭解妳！」

李赫諾雙手強硬地扣住她的肩膀，眼神嚴肅地看著她。

「妳的仇恨就像一團狂熱的黑色火焰，若不早點從過去的束縛中覺醒，妳自己將被這團火焰燒得一乾二淨。」

瑞姬娜震驚地抬頭看他，「你說什麼？」

「我曉得妳的憤怒與哀傷，待在這個殺死妳母親的世界，妳已經變得什麼都不怕，沒有任何力量可以阻礙妳。但是，妳會因為仇恨，做出讓妳後悔一生的決定。」

瑞姬娜發現自己的秘密被他識破，不由得盛怒地說：「你竟敢私自調查我的事？」

「國王把所有事情都告訴我了。」

李赫諾繼續說：「人生那麼辛苦，卻在忍受這份痛苦，在不得不活下去的時候，才能體會自己不曾發現的幸福，這是我在流亡的日子裡體會出來的感想……雖然不是什麼重要的事，但是妳該明白這一點。」

她氣得胸口不斷起伏，試著從他面前走開，不過李赫諾力量太大，讓她只好勉為其難聽他說話。

「瑞姬娜，人類的仇恨，是我認為最可怕的罪禍，我不希望妳承受不屬於妳自己的東西。國王告訴我，他很後悔監禁妳，雖然妳的母親是魔女……」

李赫諾深沉的聲音，在瑞姬娜耳邊令人毛骨悚然地響著，傳到她的內心深處，使她隱藏在心底的陰鬱火焰，一下子高漲起來。

「什麼，他竟然告訴你，說我的母親是魔女……你別以為什麼事都是我母親的錯！像他那種人沒有活下去的資格，他殺死我的母親，使我活在地獄，都是他害的……我的人生被他搞得一團糟！」

「但是，妳這種想法只會產生仇恨！」

「你不會理解我的。」她口氣強硬而冰冷地回答。

李赫諾沒轍了，只好動之以情地說：「我向妳求婚，不是因為妳的美麗，只希望拯救妳脫離仇恨，重新看待這個世界。事實上，我要打破魔鬼加諸在妳身上的詛咒，讓妳露出笑容。」

「我說過，我不需要你這個王子來救我。」

瑞姬娜強忍著胸口悶熱的疼痛，用力推開李赫諾，「我不是你，對什麼事都能一笑置之，你根本不瞭解我。」

「你知道嗎，我的母后為我送掉性命，判她死刑的人卻是我的父王！你永遠不明白，我背負多麼沉重的悲劇！」

「難道妳的父親……國王，也是妳復仇的對象？」

李赫諾有些震驚，有些難以置信地盯著瑞姬娜，「如果妳殺了父親，就會得到妳想要的幸福嗎？」

瑞姬娜憤怒的神色黯了下來，她搖搖頭，「我活著的目的只為了實現母親的遺

志……我的身上有可怕的詛咒，怎麼有資格得到幸福？」

「瑞姬娜，妳醒一醒，不要被詛咒束縛了，妳活得這麼不自由，連心中的情感也被拘束住……所謂的詛咒，只是妳的心魔而已啊！」

李赫諾的喊聲，雖然被宴會歡笑的歌聲壓了過去，但是依然傳進瑞姬娜的心底，撞進她平靜的心湖，出現了漣漪。

她心中那些堅定不移的景色跟著變樣。

她變得猶豫不決，甚至開始懷疑自己。

就算李赫諾說得都對，那又怎樣呢？

現在的她就像黑寡婦蜘蛛，吞噬著陰謀與慾望，無法得到愛情，更無法得到幸福，因為憎恨，早已變成她生存的理由。

「活得不自由也無所謂，只要能替母親報仇，就算被詛咒也沒關係！」

李赫諾與瑞姬娜交換了一個視線，他看出她黯沉的眸子，掠過一道誓死堅決的光芒，那就好像明明知道跳湖會死，卻還是往深不見底的湖泊跳下去。看來不管任他怎

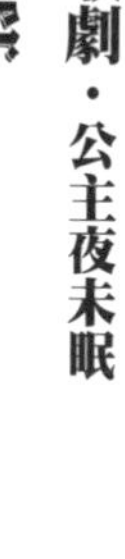

麼說，她都不會醒轉過來。

於是，李赫諾內心暗暗下了決定。

「既然如此，我們就以三天為限。若是妳猜出我的名字，我就緊咬著這個秘密而死，如果我能解除妳心中的詛咒，請妳放下仇恨……好嗎？」

瑞姬娜接觸李赫諾凌厲的眼光，愣了愣，最後用力點頭。

「好。」

當夜更深一點，李赫諾帶著瑞姬娜從偏門回到城堡。

兩人靠著漢斯的接應，以致守城門的侍衛沒有發覺他們偷溜出城又偷溜回來，一切似乎平安無事。

不過，當漢斯看見兩人臉上都有不自在的神情，他搔頭，奇怪地看著自家主子，

卻不知如何是好。

李赫諾換好衣服，也讓瑞姬娜換回原本的衣服，便把兩人溜出城的證物全數交給漢斯，命令他找個地方藏起來，絕對不許被人看到。

瑞姬娜默默看李赫諾一眼，她沒說一句話，提著裙襬，掉頭走了出去。

「王子，你們怎麼了，看起來怪怪的。」漢斯問。

「你有沒有看到說書人？」

李赫諾帶開話題，接了一句與本題無關的話。

漢斯則說：「他不在宮殿休息，可能到什麼地方喝酒跳舞吧！」

李赫諾聞言，情急地走出房間，在花園與迴廊之間的狹小角落看見說書人。他走了過去，直接開口說：「說書人，我問你。你曾經說過，要我拯救被詛咒的公主……你所指的那位公主就是瑞姬娜吧？」

說書人一臉莫名其妙地看他，「你冷靜一點，就算在下曉得你大概想說什麼，你這樣毛躁可成不了大事。」

李赫諾壓抑心情，把自己與瑞姬娜這些日子的事，一五一十地告訴說書人。

說書人點頭，瞭解前因後果之後，說：「在下明白了，但是用一般方法無法救公主殿下。要救她就必須攻破她的心防，才能以你所謂的愛，去治癒她受傷的心。」

「到底要怎麼做呢？」李赫諾問。

「很抱歉，我有自己的立場，恐怕無法出手相助……再說，你們之間發生了什麼都與我無關，我又何必去插手管事呢？」說書人看著天上繁星，微笑地反問道。

李赫諾上前一步，認真地說：「因為我知道你跟我一樣，見不得可憐的公主被壞人利用，所以你才求我放你出來，好監視公主身邊的壞男人。」

「你何以見得我跟你看法一樣？」說書人問。

李赫諾介意地咳嗽幾聲，「關於霍亨伯爵，我不得不說幾句話。我無意看到你們在宴會相處的樣子，我認為……你是為了他才會留在這裡，你當初說的那個『某人』就是指他，是不是？」

說書人大笑，「就算你說對了，那又怎麼樣？」

「你要想一個方法救瑞姬娜！」

李赫諾見說書人笑得那麼痛快，差點想抓住他的肩膀拚命搖掉那張該死的笑臉，「現在不是笑的時候吧？」

「王子殿下，你要在下怎麼做？」

李赫諾被說書人這樣一問，就說：「我跟她之間有個賭局，只要她猜得出我的名字，我就必須放棄迎娶她的權利，還得上斷頭臺。」

「了不起，你居然肯為她做如此犧牲。」說書人笑了笑，搖搖頭的問：「如果她真如傳聞所說是個魔女，你要怎麼辦？」

「我不管瑞姬娜是不是魔女，也不在乎她過去背負什麼仇恨。在我心裡，我深信在街上見到的她，才是她隱藏的真面目……瑞姬娜就算沉淪於黑暗，她那顆善良柔軟的心依然無法被黑暗遮掩，我就是因為這點喜歡她。」

說書人看著李赫諾，有些被震撼了。

他原本以為這個王子傻傻的，沒想到還挺有一番大道理的。雖然說書人越想，就

越後悔被魔鬼騙來這裡，不過被這渾水波及的人太多，只怕他也無法置身事外。

「你到底要不要幫我啊？」李赫諾受不了，急忙催促。

過了一段時間，說書人才慢吞吞地問：「那麼，你有死的準備嗎？」

李赫諾困惑地問：「什麼意思？」

「你要她的愛，就得連她的恨一起接受……做得到嗎？雖然我無法改變你們之間的問題，但是我可以替你想一個辦法。不過，那是一個很危險，很可怕的辦法……」

李赫諾心喜地看著說書人，「無論什麼法子，我都願意試試看。」

「好，你把耳朵靠過來，這件秘密不能被別人聽見。」說書人朝李赫諾勾勾手指，臉上帶著不言而喻的微笑。

話說，瑞姬娜與李赫諾分別之後，她就把自己關進了祈禱室。

這間祈禱室，設在從前她被囚禁的高塔地下室。它看起來與一般教會的設施無異，除了聖母像、讀經臺、鑲在牆上的十字架之外，最大的不同，大概就是室內飄浮著寒冷與孤寂的氣氛吧。

此刻的瑞姬娜跪在聖母像前低聲祈禱，模樣看來有些焦躁，或者比焦躁還嚴重。

就在瑞姬娜藉由祈禱讓自己心神平靜時，沒想到聖誕市場的占卜婦人，她令人不寒而慄的聲音與笑容，再度重回瑞姬娜的腦海。

『魔鬼下了詛咒，奪去妳心中的感情，最後令妳臉上再也沒有笑容。只有甘願為妳而死，充滿愛的男人能為妳破解詛咒……殺了這個男人，將他的靈魂獻給魔鬼吧。』

那個時候，瑞姬娜的心底浮現一個不可思議的想法。

她覺得當初占卜婦人說的話，準確預言了現在的情況，那個能為她破解詛咒的男人，就是李赫諾吧。

她搖搖頭，告訴自己不能相信愛，就算她為了母親的遺志而活，沒有存在的理

由，她都不能羨慕愛的美好，一定要壓抑自己。

瑞姬娜緊閉眼睛，內心覺得苦悶煎熬，但是眼前卻浮現李赫諾的身影。

她努力想忘記他討厭的臉，但是她忘不掉，只好張開眼睛，痛苦的嘆氣。

為什麼那個男人的臉，始終在她腦中揮之不去？不過是個呆瓜王子……她是個公主啊，她究竟怎麼了？

為何想起李赫諾，他給她的感覺就像一股熱流，注入她體內冰冷的血管，讓她開始感到溫暖。

難不成如他所說，她被他吸引了？

「不行，他是個傳染病，會讓我墮落，在我心中只可以想著仇恨和詛咒。」瑞姬娜低聲對自己說：「我不能愛人也不能被愛，要為了母后的詛咒而活，我要實現她的遺志，向父王宣誓憎恨才行。我不能……不能想到那個男人。」

她緊抓著裝飾在胸口的銀色寶石，像揪心似的回想李赫諾曾說過的話，突然有點心痛。

然而，她無法否認的是，他的話可以深深感動一個人……真可笑，他居然是第一個能瞭解她內心感受的人。她的意志實在不堅定，居然想見他，跟他吵架也好，她就是想見他。

瑞姬娜抬頭看著在燭光照耀下的聖母像，以及掛在牆上的王后畫像，不知為什麼，她竟有點害怕自己今天的作為，會令母親無法安息，於是便低聲說：「母后，我已完成復仇的第一步，把當初害妳掉入地獄的那些人，一個也不留地送到妳的面前……」

她告解的話說了一半，突然停了下來。不知為何，她的內心隨著這些告解，浮現了更多的疑問。

她為何要以膜拜的眼光，渴求地看著聖母像……

這難道就是她的信仰嗎？

不，信仰應該可以使人活得更快樂，更堅定的一個信念，為什麼她的母親會因而變得不幸？

難道神的愛這麼狹隘，這麼難能可貴嗎？

那麼，她不要相信這種信仰，只能相信自己。她要把自己從這麼可悲的處境拯救出去，只要她把掌控國家的權力拿到手，成為女王的話，她才有可以得到幸福。

「母后，我對父王而言，只是一個守護王室的道具，總有一天會被出賣，像母親一樣被剝奪性命……我絕不能變成那樣，我要成為女王，唯有如此才能替母后報仇雪恨。」

瑞姬娜雙手合十，臉色略帶幾分害怕，她抬起纖長的睫毛，將不安的目光投射在王后畫像上。

她盯著王后的眼睛，希望能從母親傲然的神情尋找一點慰藉。

滿室神聖、莊嚴的黑暗，沉甸甸地壓在瑞姬娜胸口，幾乎壓垮了她。

即使瑞姬娜不相信宗教，認為殺她母親的人正是信仰，但是她雙手合握的姿勢，卻是一個虔誠的教徒才做得出的手勢。

瑞姬娜因為良心的譴責而不安，充滿了困惑與害怕，最後也只能向信仰祈求安

慰。

「由黑暗而生的，就要埋葬在黑暗裡……妳將落入比地獄更深邃的黑暗，可憐的公主。」

瑞姬娜聽見一道低沉的男人聲音響起，她站起身，向後看去。

在燭光的照耀下，牆上映出一道拉長的男人身影，並且逐漸向她走來。

瑞姬娜定了定神，看見說書人穿回他的西裝，手上拿著一根會發光的棍杖，然後站在她面前微笑說著。

「你是怎麼進來的？」她問。

說書人沒有回答她的問題，而是帶開話題地說：「妳的樣子就像一個每晚都受血誘惑而殺人的吸血鬼，即使活了幾十幾百年，卻把自己告解的地方設在塔底，妳受自己良心的罪責，沒有承認錯誤的勇氣。」

瑞姬娜憤怒了，「住口，你不明白我活得多麼痛苦，居然敢在這裡大放厥詞！」

說書人臉上掠過一道陰暗的神情。

「神不會拯救妳，妳的母親也不會拯救妳，真正瞭解妳，為妳心痛的人只有與妳處境相符的我……知道嗎，我也在對某人復仇，而且渴望看到他永淪孽海，那是我忍受被他折磨至今的真正理由。」

「妳跟我實在太像了，都活在復仇的陰影裡。」

瑞姬娜不信任地看著說書人，「我們永遠都不會一樣，你也不會瞭解我的心情。」

「把妳的心情宣洩出來吧，就像剛才妳對聖母像告解那樣。」

瑞姬娜在說書人的鼓勵下，緩緩說道：「我的父親殺了我的母親，我承受了母親枉死的壓力，我必須為她報仇！直到殺了他，我才能從這個黑暗的監牢解脫！」

「所以，妳只是一個渴求殺戮的魔女，沒有資格得到幸福。因為妳看不透事情的真相，更在急於毀滅一切之時，毀滅屬於自己的幸福。」

「別被魔鬼欺騙了，魔鬼並不站在妳這一邊，如果妳再向黑暗永無止境地沉淪，下一個自取滅亡的人將會是妳。」

瑞姬娜不自覺陷入與說書人的爭論，生氣的反駁道：「你說有魔鬼，魔鬼在哪裡？」

說書人說：「公主殿下，這個問題應該要問妳自己才對。事情最關鍵的地方，在於妳的心，就算妳充耳不聞，那也不代表事情不存在。」

瑞姬娜對說書人那虛無的說法，有些捉摸不定，但是她知道他每一句的重點，都是要她面對自己的真心。

「我是一個沒有過去也沒有故事的人，但是妳的故事卻掌握在妳手中，要讓它完整的存在，還是空虛的消失……一切端看妳自己。」說書人說完，不等瑞姬娜回應隨即離去。

瑞姬娜從祈禱室的石窗外面，看見夜更深了一點。

但是，她始終難以成眠。

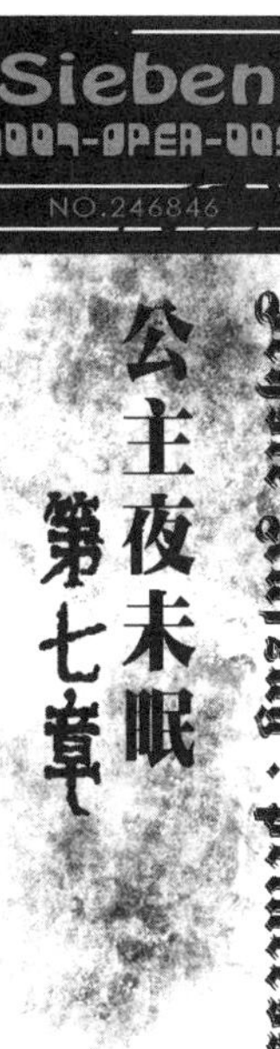

Sechste Aufzug : princess bleibt wach bei Nacht

李赫諾的侍從漢斯，遵照主子的命令收好了衣服，卻從裡面發現一把短劍，便著急地四處尋找李赫諾。

在這夜半無人的時刻，不管漢斯怎麼找都找不到人，他心急如焚，直到他冒失地拐過一條走廊轉角，撞上一堵人牆為止。

「好痛啊，是誰這麼不長眼睛？」

漢斯被那人撞倒在地，連拿在手中的短劍都不小心掉在地上。

「你不是李赫諾王子的隨從嗎？」那人道。

漢斯抬頭，看見霍亨伯爵，急忙吞下所有的不滿，起身行了一個禮，「對不起！我沒注意您也往這方向過來，撞到您真是非常抱歉。」

霍亨伯爵沒回答漢斯，他彎腰撿起地上一把黑色短劍，放在手上端視一會，說道：「這東西……看起來好像是瑞姬娜公主隨身帶著的短劍呢。」

漢斯眼睛一亮，「真的嗎？」

霍亨伯爵對他微笑，「沒錯，你是怎麼撿到這東西的？待我向殿下回報，給你一些應有的獎賞。」

「這不是撿到的，是公主殿下不小心遺落在她換下的衣物裡……既然您認出這把短劍是公主所有，可否勞煩您送還回去呢？」

伯爵聞言，點點頭的說，「這件事沒有人知道吧？」

「嗯，這種小事不需要聲張。」

「太好了，正合我意。」伯爵按住漢斯肩頭，低下身子對他說：「你就再幫我一個忙。」

「什麼忙？」

漢斯看著伯爵，隱約嗅到一股顫慄的味道。

「用你的鮮血，引出公主與王子彼此的仇恨吧。」

霍亨伯爵話音方落，手中緊握的短劍，也在同時刺進漢斯體內，奪走他的呼吸。

伯爵拔出短劍，踢開被他所殺的男人屍體，他觀察白刃子沾上的鮮血面積不夠多，擔心無法一劍殺死漢斯，於是再將短劍用力地刺下。直到地上溢出大量血水，他才滿意地掉頭離去。

當夜更深，繁星更亮的的黑夜，只有霍亨伯爵柔聲低語道：「如鮮紅薔薇般美麗多刺的公主，只要遵守我的命令，就可以得到永恆的愛與幸福……現在是妳把代價償還給我的時候了，連冷酷的心也一起給我吧，我會使妳幸福的。」

隔日一早，漢斯死在宮廷裡的消息早已傳得人盡皆知。

李赫諾得知自己的隨從陳屍宮中，急忙趕到現場，見到漢斯死狀甚慘的屍體，他難過得撫屍痛哭。

過了一會，他掃視屍體，拔起那把插在漢斯身上的短劍，認為這就是殺死隨從的兇器。

國王見到李赫諾手上的短劍，當場嚇了一跳，「這不是瑞姬娜防身的武器嗎，為什麼會在你手上？」

李赫諾大驚，許多念頭在他腦海紛飛。

「這是瑞姬娜的武器？」

國王安撫他的說：「我已經派人叫她過來，看她怎麼解釋這件事吧。」

這時候，聽見傳聞而姍姍來遲的瑞姬娜，也見到這令人怵目驚心的一幕。她的視線停在李赫諾手上，眼神掠過一道震驚。

「這是我的隨從被人殺死的證據……」

李赫諾的眼光，不敢置信的瞟向瑞姬娜身上。他沒有說什麼，但是眼中充滿難以言喻的痛苦。

國王發現瑞姬娜站在他身邊，便問：「瑞姬娜，李赫諾的隨從昨晚無故被殺，他身上居然有妳的短劍……妳怎麼說？」

瑞姬娜收回自己震驚的目光，口氣淡然：「我……不知道，我什麼都不知道。」

圍繞在宮殿四周的侍女侍衛竊竊私語，每個人的眼底都流露著不相信的神情。

「父王，那把短劍從昨晚就不在我身邊，我不曉得為什麼它今天就變成殺人的道具，但這件事跟我無關。」瑞姬娜向國王與李赫諾行禮道：「既然沒事，我就先回去祈禱了。」

瑞姬娜一派的冷淡，不關己事的態度，隨即惹來宮內眾多流言。

許多人不敢說得太大聲，但是私底下都說殺死李赫諾隨從的人，就是這位可怕的冷血公主。

是她殺死漢斯——無奈的是，沒有任何確切證明是瑞姬娜所殺，此事也不了了之。

這件事對李赫諾而言，打擊實在太大了，他不聽宮內的流言，只想靠自己瞭解真相，於是他還在隔天夜裡，想找瑞姬娜問個清楚，便跑到高塔大門前，卻被一道熟悉的男人身影攔阻，不肯讓他進去。

「說書人？」李赫諾憤怒地斥喝道：「滾開，我要進去找瑞姬娜，她一定在裡面！」

「我曉得你為什麼氣急敗壞的到這裡來，但是你千萬不能在這種時候進去，對你尋找的真相沒幫助，而且還可能引起更大的風波。」

「我聽不懂你說什麼，不過你好像有你的道理。」

李赫諾抽出腰間的長劍，指著說書人，又問了一次，「但是你如果不肯放行，我就殺了你！」

說書人嘆道：「你應該知道，要是公主殺了你的隨從，她不會笨得用自己貼身的

刃物殺人……這很明顯是有某人借刀殺人，要離間你與公主啊。」

「跟你無關，我只要知道真相！」

說書人說：「你現在氣急攻心，根本無法冷靜，就算讓你知道真相，那又怎麼樣呢？」

李赫諾臉色僵硬，非常難看。

「再說，事情的真相，不是早從你嘴中說出來了嗎？」說書人坦白地說：「你不相信她不會殺人，選擇相信她不好的傳聞……不必求證了，這就是你心中的真相。你不去感受她的心，跟殺了她母親的國王作為，有什麼不一樣？」

李赫諾露出吃驚的眼神，還有點害怕，因為說書人竟是如此洞悉他心底脆弱的情感，但是他卻不明白說書人究竟是站在自己這邊，還是另有目的。

他絞緊的雙手，沁出了汗水，「但是……我不能再等待了！如果有人藉她之手來殺人，那個人肯定還會再做一樣的事來害她，我要去找瑞姬娜，把這些事跟她說明白……再這樣下去，她無法從魔鬼的詛咒中解脫啊！」

說書人想了想，說：「你這麼解釋也有你的道理，如果你這麼想看到真相，就讓我陪你去吧。」

李赫諾收起長劍，感覺還是有些怪怪的，說書人突然改變心意，讓他一下子沒辦法適應。

「你不是一直阻礙我，甚至不肯幫我的忙嗎？」李赫諾問。

「在下可不是一個冷酷無情的人，如果不改變在下做事的原則，我倒挺樂意報答你的救命之恩。」

李赫諾又問：「你昨天告訴我的辦法，到底要什麼時候做？」

「見機行事。」說書人神秘地說：「走吧。」

高塔地下室——

陰暗的塔底因為牆上插滿無數的火把，因而燈火通明。瑞姬娜與昨晚一樣站在祈禱室的王后畫像前面，任搖動扭曲的火焰將她的影子映在石地，進而發出嘶吼的威嚇，驅走圍繞在她身邊的黑暗。

瑞姬娜看著畫像，臉上浮現沉思的神情。每當這種時候，她就希望世上有鬼魂的存在，好讓她與自己的母親相見。

畫像上的王后靜靜地看著瑞姬娜，臉上永遠只有溫柔而凜然的笑容。

瑞姬娜看著，不由得受蠱惑了。

她知道，唯有殺了父親，才能撫慰亡母的靈魂，但是她到底要怎麼做才好，難不成真的要拿著劍去殺死父親嗎？

她瞪著牆上的火焰，回想李赫諾眼中難以言喻的痛苦。

他以為她是殺人兇手，不，殺人魔女……她是魔女。就像過去父親扭曲誤解母親，把母親沒有做過的事強加在她身上，最後判她死刑，想必李赫諾也會這麼做，天

底下的男人都這樣，沒有一個例外。

既然如此，她為何想到這裡，心就變得異常難過？好像她有多不希望李赫諾恨她似的……

不，他們是不可能有結果的，她永遠無法瞭解愛。

瑞姬娜雙手緊緊扭著，她越是試著壓抑心頭的苦，越是難以自拔地回想起過去。

突然間，一道男人的聲音藏在火焰聲中，細細柔柔地響起，「美麗的公主，妳的臉龐為了愛情而變得哀傷，妳淪陷了！」

瑞姬娜沒有低抗，由那聲音繚繞在自己耳邊，她能感覺身後有一道冰冷的黑影，並用一雙強壯的手臂圍住她的脖頸，強迫她屈服地束縛她的身體。

「時間到了，那個連自己的妻子都懷疑的男人，這次開始懷疑妳了……讓他懺悔錯誤吧，就像妳對亡故的王后那樣。」

「霍亨伯爵？」

瑞姬娜微露紅唇，臉上毫無表情。她沒有轉身去看，就是知道這個冰冷的身體屬

於誰。

「妳可以稱呼我這個名字，但是有更多人稱呼我魔鬼。妳死去的母親也曾這麼呼喚過我，懇求我給妳安慰。」

男人的聲音就像刃銳般刺進瑞姬娜的意識。

「妳應該還記得，當初那件審判，就是讓妳自幼失親的主因。妳要憎恨妳的父親，憎恨爭權奪利的貴族。」男人將手撫向瑞姬娜清麗的臉頰，在她的身後細細呢喃道：「上次妳和我聯手毒殺那個家族，逼瘋伯爵夫人，這次輪到妳父親了。」

「殺了我的父王，我就會幸福嗎？」她突然想到李赫諾說過的話。

「是的，妳會得到幸福！」男人說：「來，把眼睛閉上，好好地回想那件悲劇怎麼改寫妳的人生，奪走妳的幸福。」

瑞姬娜閉上眼睛，遙想十二年前黑暗的過去，一如發狂的齒輪，將她的母親與年幼無知的她，捲進了萬丈的悲劇深淵……

Sechste Aufzug : princess bleibt wach bei Nacht
公主夜未眠・第七章

十二年前，一個攸關王室聲譽的嚴厲審判，選在最寒冷的冬季進行。許多擔任見證者的貴族，來到一座白牆紅頂的高塔式城堡。

城堡深處，一個專門判決王室案件的寬敞法庭，四處遍布著深邃的死寂與漆黑，包圍住站在裡面的所有人，將他們的氣息埋沒在沉重的壓迫感下。

掛在石牆上的一道道燭光，照亮站在法庭中央，身著華服的女性。她閉緊的雙眼微啟，直到適應殿堂的刺眼光線，才能完全張開眼睛。

黑暗消失，光芒變強，沉寂四散，喚來沉滯已久的沉重氛圍。

那位女性看來已不年輕，她的臉上出現幾條因歲月而生的皺紋，紅棕色的鬈髮也有一些灰白的痕跡，但是這絲毫不減她身為一國王后的凜然貴氣。

她面容僵硬地站在原地，任憑法庭中略帶冰冷的寒流籠罩全身。

在她面前即將展開的審判，就好像是一個兇殘血腥的獵殺儀式，她是祭品，那些

面無表情注視她的貴族與國王則是狩獵者，至於站在她身後的一片黑壓壓人影，大概是旁觀一場血腥鬥爭的好事者吧。

她知道那些人是誰，也猜得到他們想做什麼……

只是，她沒料到他們居然將魔掌伸向自己，也意味著她被帶有毒液的獠牙咬過一次，注定逃不過既死的命運。

王后高仰起頭，握緊面前的木製護欄，與站在高臺上的一群黑影相視。

她早就知道，他們喜歡悶不作聲地打量她的表情，因為他們能從她痛苦的眼神，讀取到她的心思，卻不包括對她的同情與憐憫。

王后隨著沉澱的思緒一變，臉上沒有一點私人情感，也沒有傷心與悔恨的表情。

此時站在高臺的中央，主宰這場審判的國王打破安靜，以洪亮的聲音叫喚受指控者的名字。

他的存在至高無上，一如他在整個宮廷扮演的地位，除了國王的身分，他同時也是受指控者的丈夫。

「克里斯緹安王后，妳可認罪？」

「我不知道要認什麼罪。」王后答。

「教廷收到一封告發妳是魔女的信件，其中列明妳的詳細罪狀。經過偵查與搜捕，我以崇拜魔鬼的罪名，宣判妳死罪。」

國王的語調平靜，好像在唸什麼戲劇的對白。

「不，我沒有罪，這是莫須有的控訴。」王后冷冷的回答。

站在高臺最外側的貴族說：「稟告陛下，王后犯了謀逆神的罪名。」

另一位負責舉證的貴族開口說話。他看著王后的目光充滿敵意，細數她的罪證時，聲音充滿高昂，彷彿期待看到她失足的受挫模樣。

「王后否定教會的信仰，崇拜月神阿爾特米斯。她信仰古老的宗教與肯定多神論，否定王室公開支持的宗教，企圖動搖教皇的權力與地位。為了維護教會信仰的正統性，參與此次審判的審判員，一致認為克里斯緹安王后有罪。」

「我不認罪！」

王后原本沉著的態度，都在數名貴族的舉證下瀕臨崩潰。

她不再冷靜，並大聲地說：「請拿出更有力的證據吧，我好歹也是一國王后，怎可聽幾個人無關的證詞，迅速地判我死罪？這是陷害，還是審判？」

一個站在高臺左側，還未發言的審判員說道：「王后不支持教皇派的信仰，拒絕承認教會權威，她是信仰魔鬼的魔女。」

「王后把自己的靈魂賣給魔鬼，她是對抗神的異端分子，必須嚴懲。」

「誰都知道王后高傲的態度，已經得罪所有貴族，並在幾個月前，公開與教廷撕破臉，不顧國王陛下的威信，成為人民的笑話。」

「對了，她還生下一個擁有純白髮色的小公主，宮殿每個人都知道這件事。這一定也跟魔鬼有關係，請求將小公主一併審判。」

王后聞言，神情變得十分激動：「慢著，這件事跟瑞姬娜一點關係也沒有，她才七歲，請不要牽連無辜的人入罪！」

「那麼，對於上述罪狀，妳可承認是妳一人所為？」國王問。

「是的……我承認我不支持教皇與教會信仰，我崇拜月神，我有一個與眾不同的孩子，但是我從未想過謀逆神，也沒有見過魔鬼。因此，我不能為我沒做過的事情背負條條罪狀。」

王后嚴拒承認魔女的指控，也在國王的料想中。

「你們居然拿這種牽強的證據威脅我，逼我認罪？」王后看著坐在高臺上的國王，同時也是她的丈夫，悽苦地問：「陛下，他們要謀奪我的性命與名譽，難道他們不比魔鬼可怕嗎？」

「王后犯了叛逆宗教信仰的罪，她是個與魔鬼私通的淫婦。」一個手搖羽毛摺扇的中年貴婦微笑著說。

王后喉中哽著一個苦悶的笑聲。

她笑不出來，只能看著站在她面前的一群貴族，他們之間連結著特別的默契，每個人都能長篇大論地指責她的過錯。那些完美的指證言論，就像這群人對準她的痛腳拚命踩，讓她無力呼喊。

怎麼會這樣，為什麼她會落入這個教人窘不堪言的處境，她是一國王后啊，這樣下去，她要如何為自己洗脫罪責呢？

王后掃視那些細數她「罪證」的貴族，發現他們暗中交換一個帶笑的眼神，讓她什麼都明白了。

確實，教皇是這個國家強大的政治勢力，那些信奉教皇派的貴族早已利慾薰心，他們要穩固自己的地位，就得尋找更多支持教皇的人。她身為王后卻不支持教皇，對那些人來說是個威脅，為了除掉她，只有指控她是魔女，才能合法殺了她。

這實在太可笑了，給她這些罪名的不是別人，而是她最親近的丈夫。

國王抬起下巴，一副論定評斷的神情，「妳是王族，不能對妳用刑，但是妳怕不怕自己的女兒被妳拖累呢？」

王后震驚地看著被衛兵帶領到她面前的白髮女孩，雖然才七歲，但是在女孩白淨臉上的火紅雙眼，卻格外的惹人注意。

「王后，還不承認妳的罪行嗎？再不認罪，我們就連小公主一起調查，看她是否

繼承了邪惡的血統！」

王后抱緊自己的孩子，一臉沉痛。

她默默看了高臺一眼，只見教皇派的貴族與廷臣，正在無所不用其極的煽動原本就願意相信這些罪狀的國王。她知道這場審判再延誤下去，一定會牽連更多人。

是的，她落入這些歹人的圈套，無意陷進一個完美的謀殺陷阱，再也逃不出來了。

最後，王后沒有聆聽國王宣判的罪狀內容，她的心不在這裡，去了更遠的地方。

當她聽見法庭響起一道震耳欲聾的開門聲，她也沒有回頭看，彷彿那些圍繞著殿堂的人群，站在高臺的參審團與國王……甚至是今天的審判，都跟她沒有關係。

法庭內的人影都一個都沒有，只留下無限悲傷的淒涼與黑暗給王后。

這時，陪在王后身邊的中年侍女，流著眼淚說：「真是太可憐了，您被蒙上不實之罪，為何國王陛下要這樣否決您呢？」

王后不理會侍女，選在臨刑前的一小段時間，以隨身攜帶的小刀劃破手指，將指

頭流出的鮮血，抹在一個白色蝴蝶造型的別針上。

白蝴蝶別針是貴族女性愛用的飾品，它代表典雅、聖潔的形象。看著它流露象牙色的光澤，戴著它的女性被鮮血染上髒污，再也不適合戴上別針。

王后取下別針，放在年幼的女兒手裡並緊緊握住，說道：「瑞姬娜，母后要上斷頭臺了。妳記住，那些人指責我出賣靈魂給魔鬼，在我眼中，那些人才是把靈魂賣給魔鬼的奴僕……」

「妳看清楚母后今日的遭遇，如果不想變成跟我一樣，就別相信愛，別相信任何人，才不會被自己深愛的人背叛。」

白髮女孩水潤的大眼睛只有茫然與無知，她搖搖頭，被母親憎恨的神情嚇得說不出話。

「瑞姬娜，替我復仇，讓那些該死而未死的人付出代價……就算成為魔女，也不可以讓那些滿腹詭計的小人逍遙法外。」

王后默然片刻，以緩慢的語調說了下去，「我現在就要面臨死亡了，在我死後，

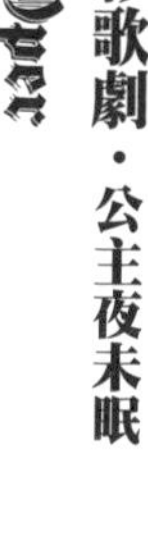

靈魂也許會被地獄的火焰燒盡。如果仇恨可以詛咒人，但願我親愛女兒的一生，擁有無與倫比的美麗，卻不能感受自己與他人的痛苦與快樂……那麼，她就不會像我一樣沉痛與不幸。」

侍女驚叫，「王后，妳怎麼可以詛咒公主！」

「因為我是魔女……一個毫無能力抵抗殘酷命運的魔女。」王后蒼白的面容浮現一個哀怨的慘笑，「如果世上真有魔鬼，就來實現我的詛咒！我即將成為魔鬼的祭品，許一個小小的願望又算得了什麼？」

「克里斯緹安王后，時間到了。」

衛兵走進法庭，以簡單的幾句話，敲響了死亡的喪鐘。

「妳記住，我的恨就像別針上面的血污，永遠無法抹滅。除非血污消失，否則我的恨永無終結之日。」

王后吻了吻小公主的臉頰，覺悟地轉身離開。

年幼的瑞姬娜在侍女阻撓下，眼巴巴地看著母親離去。儘管她不瞭解那些深奧的

道理，她只想伸手抓住母親的裙角，不讓母親離開自己，但是她無能為力，逃脫不出侍女的控制。

直到宮殿外面傳來騷動聲，瑞姬娜趁機掙開侍女的手，拚命衝出宮殿，親眼見到母親上斷頭臺被處死的景象。

小女孩一動也不動的看著前方，她全身顫抖，陷入強烈的悲傷，以及巨大的打擊。

「母后……母后，為什麼要這麼做，為什麼殺我的母后……」

在全城的貴族與人民歡呼的時刻，沒人看見一個痛失母親的孩子正在掩面哭泣，沒人知道在魔女「伏法」的背後，究竟隱藏了什麼真相。

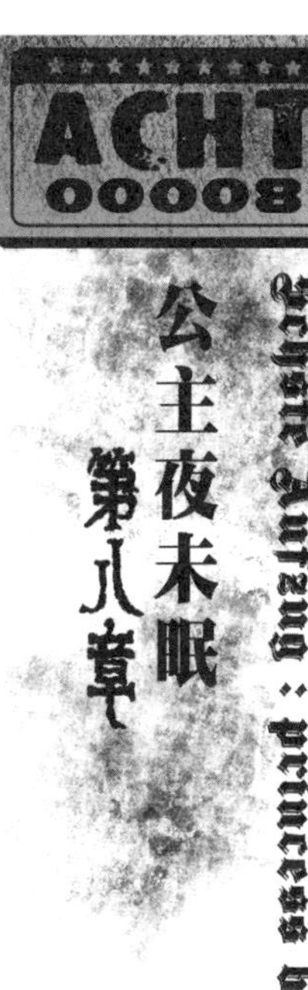

第八章 公主夜未眠

瑞姬娜從過去緩緩回到現實。她張開眼睛，攤開緊握的雙手，看見其中一隻手心放著染血的蝴蝶別針，她的心在發顫，並且呼吸急促。

那種感覺，就好像有什麼人正在催促她，快去完成她還沒做的事。

當她在恐懼和絕望中迷失，心頭大量湧現不安，只感覺身體無力地癱軟，隨著蹲在地上不停喘氣。

她飛快憶起先前發生之事，一邊用手支著額頭，一邊感覺納悶。

「有人曾經從身後抱著我，告訴我他是魔鬼……難道是我做夢嗎？如果是夢，為

何連小時候的那件事，都印象如此深刻？」

瑞姬娜的心跳毫無節奏感的亂跳，彷彿那是某種令人討厭的預言。

隨著她記憶的混亂，這時幾道跑步聲從塔內螺旋梯傳過來，打擾了瑞姬娜的冥思，更讓她沉穩的眼神在瞬間變樣。

是李赫諾與說書人！

瑞姬娜整理儀容，將蝴蝶別針塞進腰帶，然後走上前，以冰冷的態度面對他們兩個。

「有事嗎？」

李赫諾見瑞姬娜如此冷靜，他一時之間竟感到手足無措，便說：「漢斯那件事，妳不想對我好好解釋嗎？別人說什麼我都不信，我只要聽妳說出真相。」

瑞姬娜愣了愣，「很抱歉，我無可奉告。」

李赫諾有些受傷，「難道我在妳心中，只有這四個字而已？」

「我該說的都已經在父王那邊說過了，不曉得王子殿下還想聽什麼？」她絕情地

說：「城裡說我是殺人兇手的流言已經滿天飛，你可以拒絕跟我這個冷血的女人結婚。」

李赫諾猶豫的臉色突然強硬起來，他從懷裡拿出一張有國王簽名的文件，說道：「很抱歉，我不能如妳所願。這是國王陛下跟我簽下的證明書，如果妳猜不出我的名字，就必須履行約定跟我結婚。」

瑞姬娜盛怒之下，奪過李赫諾繫在腰上的長劍，「既然如此，你就快點把名字說出來，否則我現在就殺了你。」

李赫諾堅決地搖頭，什麼也不肯說，「我說過，除非妳認輸，否則我也不會放棄。」

「你為什麼不肯死心，到底我有什麼優點吸引你？再說，你的隨從死在我的短劍之下，都到了這種節骨眼，你還不肯相信殺他的人是我嗎？」瑞姬娜問。

李赫諾猶豫了一會，接著說道：「我只知道，從妳口中說出的話，才是值得讓我相信的事實。」

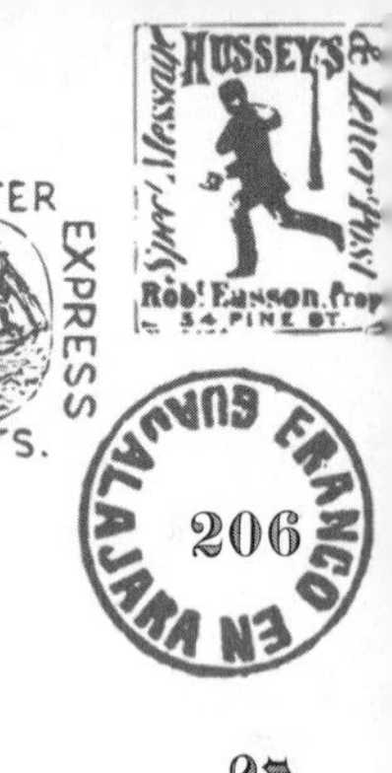

瑞姬娜吃驚地看著他，內心起了很大的變化。

對她來說，嘲笑愛上她的男人是她的興趣，可是李赫諾的話卻讓她覺得矛盾。如果她不堅守自我，就會開始覺得自己不幸，她不願被接受愛的美好，不想發現自己的可悲。

「你住口，我不要聽你說的話！」她厭惡地大喊。

然而，李赫諾還是目不轉睛地看著她。

「我相信妳。如果那不是妳做的，我會盡一切力量保護妳，不使妳受到傷害。」

瑞姬娜嘴唇顫抖地問：「如果那是我做的呢，你打算怎麼對我？」

李赫諾回答，「漢斯已經死了，我不想再失去任何一個人，我會問妳這麼做的理由，並且瞭解而接受。」

瑞姬娜聽到這裡，已經無法再容忍李赫諾下去，她拿著劍向前一刺，銳利的劍尖直逼李赫諾的喉嚨。

只要她再上前一步，就能取他性命。

不過，她並沒有這麼做。

「你住口，住口！為什麼要選擇寬恕，把我放在掌心玩弄很有意思嗎？你在對我施捨憐憫嗎？」她企圖激起李赫諾對自己的仇恨，又說：「這只會讓我覺得恥辱，我不會感激你的！」

「我不要妳的感激。」

「那麼，你究竟要什麼東西才肯放過我？我明明不要跟你結婚啊！」

「妳這麼討厭我嗎？」

瑞姬娜猶豫一下，接著用力點頭說：「是，我討厭你。」

李赫諾的情緒已經恢復平靜，他看瑞姬娜一副要惹怒他的樣子，心中為她感到難過，就直接用手去握住裸露的劍刃，進而頂住自己的喉嚨。

「好吧，被所愛的女人討厭……不如死了也好。來，妳不是要殺我嗎？把劍刺進這裡……那麼，我就會死。」

瑞姬娜震驚地看著他的手正在流血，她向前一步，把冰涼的劍刃刺入李赫諾的喉

ARR'S
PENNY
ISPATCH

嚨，劃開一條口子，流出鮮血，讓她感到怵目驚心，恐懼更由她的指尖溢出。

李赫諾一動也不動的站在原地，目光堅定地看著瑞姬娜，臉上正在微笑。

瑞姬娜持劍的那隻手臂不斷發抖，她手一鬆開，長劍「鏘啷」一聲掉到地上。

李赫諾見她瞪大眼睛，不敢置信的模樣，他走了過去，聲音輕柔道：「對不起，妳嘗到殺人的感覺，一定很痛苦。但是妳卻沒有選擇這麼做，可見在妳心中，還是有那麼一點喜歡我的……是不是？」

瑞姬娜強迫自己收起膽怯，用憎恨與厭惡的眼神看李赫諾，但也許如他所說，她就是沒辦法殺了他。

瑞姬娜不知道自己堅持至今是為了什麼，只覺得身體裡面好像有什麼脆弱的東西碎了，再也無法復原。

「不是，我被魔鬼詛咒，沒有那種感情……」

瑞姬娜想對李赫諾解釋，但又看見他受傷，於是拿出繫在腰帶的絲巾，想幫他拭去血跡。

李赫諾握住她的手，「這世上沒有魔鬼，只有妳自己的心魔。」

這時，站在一旁觀看兩人互動的說書人上前一步，在這充滿顫慄驚悚的氣氛，對著瑞姬娜背後的石牆喝了一聲。

「魔鬼，現身吧，別躲躲藏藏了！」

李赫諾與瑞姬娜都嚇了一跳。

石牆上一片閃動的火光，因為說書人的聲音，突然間火勢高漲。

直到其中一個火把發出爆炸聲響，祈禱室瀰漫一股銀白色的煙霧，最後出現一道人影。

「施洛德，你不是說不干涉我做任何事，為什麼出爾反爾？」

說書人站在霧中，一動也不動地看著人影，「我只是討厭你躲起來偷窺別人而已，如有冒犯，請多見諒。」

人影走出煙霧，顯然是霍亨伯爵。

他推開說書人，朝瑞姬娜公主喊道：「公主殿下，只要妳殺了王子，就不用跟他

結婚了！」

說書人也喊道：「妳是個失去理智的女人，怎能被悲劇的枷鎖一再捆縛？那裡不再有妳仇恨的對象，這一切已不再重要，和王子相愛吧！如果妳的內心還有良知，怎會看不出魔鬼包裝在甜美糖衣下的罪惡？」

霍亨伯爵大怒，「施洛德，你想阻礙我的遊戲嗎？」

說書人還是不理他，仍舊大聲打斷伯爵的話，「公主，要選擇喜劇或悲劇，都在妳的一念之間！」

瑞姬娜撿起長劍，然後將劍尖指向說書人。

「老實回答我，你和霍亨伯爵到底是誰？」

「我不想說，就算說了，妳也不會懂。」說書人道：「妳身為公主，就把一切責任交給王子吧，他會救妳的。」

瑞姬娜恨聲道：「閉嘴，我不需要男人，我會靠自己的力量拯救自己，我會堅強起來。」

「這只是無聊的逞強，妳心中的仇恨，只有自己想明白才有辦法解決。別再被魔鬼欺騙了，魔鬼藉著妳的無知，偷偷披上虛幻的外衣……妳若明白這話的意思，就能知道我的身分。」

瑞姬娜眼睛睜得大大的，憤怒的火焰遊走在她鮮紅如血的眸子，讓她氣得想用一把火燒死說書人。

「你好像很清楚魔鬼的事，難道你跟魔鬼有關係，或者我該告發你們兩個就是魔鬼？」

說書人咧開嘴，朝瑞姬娜笑了一笑。

「請便！我不認為人類那種拘束的信仰能夠壓迫我，反倒是妳，還活在悲劇之中。正邪之分不是由人類來定義，是由妳自己的心做決定，現在放下所有執著還來得及。」

瑞姬娜聞言，收回了劍，推拒地搖搖頭。

說書人低聲說：「魔鬼特地接近妳，只是要妳做他計謀的鋪墊，引誘妳走進這個

死胡同……為什麼妳就是不明白呢？這個世上最可怕的不是鬼魂，而是活著的人類……不要讓妳的心靈繼續被仇恨扭曲，這才是讓妳恐懼的詛咒。」

她困惑道：「那麼你說，魔鬼到底在哪裡？詛咒又在哪裡？」

說書人又說：「詛咒是藏在妳心裡的魔鬼，妳內心有否定自我的魔魅，要是妳出賣靈魂，用妳的手沾上血腥，就會一無所有……該怎麼做，妳自己看著辦吧。」

瑞姬娜聽見說書人和李赫諾說的話一模一樣，老實說她的心已被動搖，但是為了復仇，她只能一心一意地殺死李赫諾，才能成為這個國家的女王。

「放棄吧，瑞姬娜公主，不要再執著復仇了。」說書人柔聲道。

在這個充滿顫慄驚悚的氣氛中，只能聽見瑞姬娜呼吸急促的聲音。

她想復仇，必須丟掉身為人的感情，換言之，她要不擇手段的復仇。

瑞姬娜拿著劍，拚命搖頭。

「不……我一定要殺了李赫諾。」

在她心中，悲傷與孤獨永遠包圍著她，記憶鮮明的悲劇存在她的心中，沒有什麼

事情可以替代。

她也曾深深執著，尋求自己認可的幸福與愛……難道它們再也找不到了嗎？

這時，一道男子渾厚的聲嗓在瑞姬娜身後響起。

「為什麼？」

「什麼……為什麼？」

「為什麼要殺我，妳很恨我嗎？」

「我不恨你，我只是想要成為女王。」

「這麼做才能讓妳成為女王嗎？」

「是……」

「妳也會得到幸福嗎？」

「是……」

「好，妳來殺我吧。」

男子的聲音倏然消失，只有李赫諾的身影走到瑞姬娜面前，攔阻她的去路。

「李赫諾！」

瑞姬娜第一次喊了他的名字。

李赫諾伸出手，親暱地擁住她的身體，在她耳邊輕聲細語道：「我不要看妳那麼痛苦，如果要我選擇，我寧願相信妳。然後，我把自己的名字告訴妳，這場打賭就是我輸了。」

瑞姬娜心裡不勝疑惑，她不知道李赫諾為何要這麼做。但是，她有更大的衝動想問他，為什麼選擇相信她，難道這個王子連死前都那麼蠢，不知道她嫌他的存在很礙眼嗎？

「我有件事想對妳說……當我們相遇的時候，我早就看出在妳冰冷頑固的外表下，有一顆被冰封的脆弱心靈，如果我讓妳陷入絕望，妳會永遠不相信愛，所以請妳相信愛的存在，別再壓抑下去，從妳自以為的詛咒解脫吧。」

李赫諾把手放在瑞姬娜的肩膀，隨即被她用力掙開。

「我才不相信這些……你發瘋了嗎，竟然到這種時候，還是滿口的愛？告訴你

吧，我的心只有憎恨和復仇，而且最大的期望就是看到你死！」

「瑞姬娜，請妳看在神的分上，稍微流露一點妳的真情，讓我看見妳內心的脆弱。」

瑞姬娜聲音有些虛弱，但還是用力擠出笑聲，「難道你不曉得嗎，隨著我母后的死，在我心中的感情也死了。」

李赫諾對瑞姬娜沉重的仇恨，沒有一句多餘的責備與說教。他痛苦的嘆氣，想想自己能做的，僅只是淡漠地看著她。

「我很遺憾，這些日子以來還是未能使妳明白我的心意，那麼我活著與死去，又有什麼差別呢？狠下心殺死我，妳就能毫無顧忌地成為女王……」

「如果我殺了你，你真能沒有一句怨言嗎……我不相信，人性是自私殘酷的。」瑞姬娜問。

李赫諾站在瑞姬娜面前，放棄所有的防備，以緩慢而顫抖的語氣回答，「但願有朝一日，能有一個比我更具智慧的人，帶領妳走出邪惡與謊言。」

瑞姬娜在衝動與憎惡的情緒糾結之下，手握長劍刺殺了李赫諾。

直到她的手沾上李赫諾溫熱的血液，她赫然發現自己內心只有懊悔。

李赫諾身上被刺了一劍，虛弱無力的蹲在地上。

「李赫諾！」

瑞姬娜把劍丟到地上，蹲在李赫諾身邊，抱起他的上半身，既悲憤又真切地喊他名字。

「其實我不想傷害你，因為你沒有錯……頑固又不變通的人是我，你不需要承擔我的罪過。」

「妳願意饒恕我的話，就以我的血來洗清妳內心的仇恨。我一直認為，這世上沒有一個人犯了真正的錯誤，錯的是價值觀與思想。」

瑞姬娜好震驚，「難道你選擇愛我……愛這個處心積慮想殺你的我？」

「能死在妳的手中，我此生還有什麼遺憾？我願意為妳而死。」李赫諾凝視著瑞姬娜，見她如此哀傷，便執起她的手放在唇邊吻了吻。

瑞姬娜向來冰冷的臉上，露出了一種痛苦感傷的複雜神情，只見她皺著眉頭，說道：「你知道嗎，其實我非常嫉妒你。因為你總是如此坦率地說愛，卻又毫無芥蒂地接受不幸的人生……我恨不得把你殺了。」

「為什麼？」李赫諾毫不在意的問。

「因為……我的內心深處明白，你會改變我的一切，最後使我愛上你。」

瑞姬娜繼續說：「我一開始很討厭你，覺得你是個愚蠢的笨蛋。但是，我後來從你的言行表現中明白，你其實是個心思細膩溫柔的人。」

「還有嗎？」

瑞姬娜想了一段長長的時間，接著說：「你為了我如此拚命，甚至連性命都不要，你這麼厚臉皮，我要上哪裡去找一個像你這樣的男人呢。」

「所以妳是說……妳願意放棄仇恨了嗎？」

瑞姬娜潸然落淚，苦澀地看著李赫諾，「我不能在殺害那麼多人之後，用這份充滿血腥的幸福，說服自己活下去。」

「那麼，我也與妳共享這份沾上血腥的幸福吧。」

李赫諾趁瑞姬娜不注意的時候，拿掉她頭上的黑紗，扣緊她的肩頭，然後緊緊吻住她的唇。

儘管他感覺瑞姬娜不停的抗拒掙扎，但是在經過他的柔情催化下，她終於沉淪在他的懷抱裡，棄械投降了。

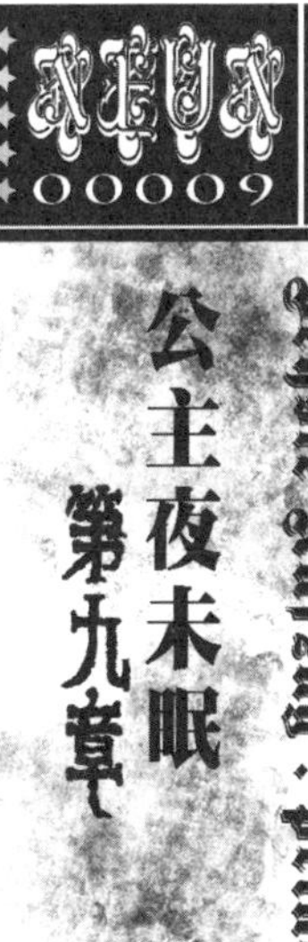

公主夜未眠 第九章

Zehnte Aufzug : princess bleibt wach bei Nacht

李赫諾放開瑞姬娜，清清嗓子並裝出一種嚴肅的聲調，然後說：「剛才我已把自己的名字告訴妳，如果妳還想殺我，就請動手。」

「你……有說嗎？」她吃驚的問。

李赫諾笑道：「嗯，一字不漏的都告訴妳了，除非妳太沉醉在那個吻，否則妳一定聽得見……好了，妳到底怎麼決定，是要殺了我，還是跟我一起面對國王陛下，把所有事都告訴他呢？」

瑞姬娜露出非常為難的神情，她雖然承認自己愛上了李赫諾，可是她卻不能放棄

答應過母親的事。

就在她閉上眼睛，把手放到胸前緊緊揪著的時候，她聽見有人站在身後，並且把丟在地上的長劍撿起的聲音。

接著，一道眩目銀光自長劍刃口上一劃，就這樣跨過瑞姬娜肩頭，直指李赫諾英俊的臉孔。

「瑞姬娜公主，兩年前的妳可沒有這麼嬌嬌弱弱，輕易被一個王子動搖意志，難道妳現在要放棄復仇嗎？」

瑞姬娜轉身過去，看見霍亨伯爵憤怒的神情，她的眼神像麻木了一樣的凝視他，沒有說話。

「你……是誰？是魔鬼，還是人呢？」

他的眼神突然變得很深邃，「我是什麼身分有那麼重要嗎？現在妳必須回答我一件事，妳要放棄復仇嗎？」

「我沒有這麼說！」瑞姬娜面色沉重。

「但是妳的眼神已經說了！妳屈服了，那些深仇大恨，妳都不要了。難道妳以為慘死的王后會饒恕妳嗎？」

那偽裝成伯爵的齊格弗里德，帶著高姿態的倨傲態度，陰狠地看著她。

「真遺憾，我還預備等妳殺了國王，最後再告訴妳真相……妳對這個王子的好感實在太明顯了，他一定要死。」

「真相？」

齊格弗里德攤開握緊的手心，將瑞姬娜的黑色短劍拿在手裡。

「王子的隨從是我用來離間你們的一個計劃，沒想到就算我用妳的短劍去殺死隨從，王子依然選擇包容妳。真可惜，但是他注定要死在妳手裡，妳如果不動手，用妳這把短劍殺了王子也一樣。」

瑞姬娜心裡一驚，大為震動的看著齊格弗里德。在她眼中只有面對這一事實的震驚，以及恍然大悟後的懊悔。

「你為什麼要這麼做？」

齊格弗里德一臉厭煩的看著她。

「這幾百年來，好多人都問我同樣一句話……為什麼？因為我要尋求樂趣，同時實現妳母親的遺言，徹徹底底地詛咒妳，把妳帶到地獄去啊。來，妳聽我的話殺了王子，那麼妳就可以成為女王了。」

瑞姬娜伸手想去搶過那把短劍，她沒搶到，卻讓銳利的劍刃割傷。

只見她張開手，鮮血順沿著被劃開的一條傷口，不斷滴落流到地下，一滴、兩滴的落地。

誘人的血味傳到齊格弗里德鼻下，他很滿意的做了一個深呼吸，說道：「好甜美的香味，這才是我尋求的少女味道，連妳那震驚扭曲的臉孔，都讓我喜歡得不得了。」

齊格弗里德把沾血的短劍重新放在瑞姬娜手裡，目光溫柔地看著她，「妳現在唯一的路，就是殺了王子。」

瑞姬娜無力而頹喪地坐在地上，神情茫然的搖搖頭。

「我不要……」

齊格弗里德挑眉，「妳說什麼？」

「我不會相信你誘惑的言語，真正能拯救我的，不是仇恨的思想，它只會使我墜落……我不要再復仇了。」

「是嗎？」

齊格弗里德走近瑞姬娜面前，看著她身後的李赫諾，於是說：「既然妳這麼在乎他，我乾脆一劍讓他死得痛快！」

齊格弗里德為了讓自己安排的戲劇完美上演，他拿起了長劍，想要殺死李赫諾。

瑞姬娜大聲喊道：「等一下，既然你要殺人，那麼就殺了我吧，我願意代替他死。」

「妳說什麼？以前妳可是連殺人也不眨一下眼睛，如今為了愛變得這麼軟弱，果然人類都是無能的！」齊格弗里德說完，手裡的長劍向前一刺，打算想將兩人一起串刺而死。

在最關鍵的一刻，說書人飛身過來阻止一切。他臉色蒼白的衝到齊格弗里德面前，讓那把長劍刺穿了自己的胸口，頓時無數血液飛濺而出，染紅了齊格弗里德一身鵝黃色襯衫。

齊格弗里德見狀，真是訝異得不得了。

他一收手，將長劍自說書人胸口拔出，接著抱住說書人的身體，碰觸到對方的體溫，接著緊緊抱住。

他一點都沒料到，說書人竟會幫助這兩個無關的人，難道這個男人受了迷惑，或者那個小公主的美貌引誘？

不，他再也受不了了，他得殺死瑞姬娜，他可不想看到說書人不要性命也要救人的那種清高相。

齊格弗里德憤怒著發抖，他以略帶沙啞的聲音喊道：「如果沒有我及時把劍收回來，你已經被我劈成兩半了！」

說書人苦笑著說：「我不能讓你殺了他們，但是估計跟你說了沒用，所以只好用

身體去擋。」

齊格弗里德揮舞著長劍，「你到底想做什麼？」

說書人裝模作樣的咳了幾聲，「齊格弗里德，罷手吧。這一次，我們兩個都輸了，就讓這個故事再一次得到真愛的救贖，如何？」

「你說什麼？」齊格弗里德很震驚。

「老實說，這次我本來想像你一樣，站在旁觀者的立場來看待他們，但是……這就是人類的感情用事。我們未能瞭解的事情，都由那個男人洞悉並看穿，我很高興這世上還有真愛，因為像我們這種異類的存在，一個也不能出現……讓他們從今過著幸福的日子吧。」

齊格弗里德顫抖的伸出手，接著推開說書人，大吼大叫道：「我才不要，誰說王子與公主過著幸福日子的這種結局是正確的？我偏偏要他們淒慘的死，而且還是在以愛為名的詛咒下慘死！」

說書人唇邊飄出一股諷刺的低聲。

「聽你說了一大堆，難道你在嫉妒？」

齊格弗里德全身氣得發抖，並以陰冷的目光瞪著說書人，「我嫉妒，而且嫉妒得要發狂了，你這個十惡不赦的傢伙，為了滿足自己的私慾，居然敢在我面前保護那個女人……你不要命的話，我馬上殺了她！」

說書人不以為然地笑道：「真可惜，我本來以為你會認同我的想法，結果還是一樣無藥可救。總而言之，我一定要救他們，不讓你這個魔鬼破壞，你若不放棄，我會設法逼你投降。」

「你這個叛徒，居然要這種手段，居然敢威脅我！是不是以為我珍惜你的靈魂，不取你性命，你就可以這樣為所欲為！」

「齊格弗里德，你這句話錯了。我沒把靈魂賣給你，也不是你的信徒，怎麼會背叛你呢？更何況，我向來就看不慣你卑鄙的行徑，再不認輸，我就取用你的力量，反過來制裁你。」

「什麼，你不是說，利用我的力量對你來說是種恥辱？」

說書人看見齊格弗里德眼中的不信與震驚，微微一笑地說：「抱歉，我不這麼說，你恐怕不會掉以輕心。真正的事實就是……我騙了你。」

「你居然扮豬吃老虎！是誰說自己清白如鏡，是人類中最正直的君子？謊言，全都是謊言，你欺騙我，你是一個無惡不作的壞蛋！」

說書人仰著頭，彷彿好久沒有這麼開懷大笑。

「謝謝，你好像從沒這麼讚美我，相信這些是你發自內心的表白。希望你能早日認清我是怎樣的人，下次別再犯同樣的錯誤。」

齊格弗里德知道自己被說書人吃定，他不管怎樣都沒辦法贏過這個男人，氣得不得了。

「你是一個該死的混帳，為什麼要選擇那種無用的東西？太遲了，我好不容易一手策劃的計劃……居然毀在你的手中……一切都太遲了。」

「這種無聊的計劃，難道就是你追求的東西嗎？」

「別再說了，我只想對付你一人，我的眼光從未離開過你，老實告訴你，我要追

求的事物只有你……施洛德，這個遊戲追根究柢，都只是我想讓你明白，你若不做無謂的掙扎，歸順我，你可以享受幸福與愛，不管你想要什麼，我都願意獻給你……」

「住口，你這個魔鬼，不要再糾纏我了！」說書人鄙夷地看著他。

「是嗎？好吧……反正我老早就受夠了跟你一直糾纏，現在讓我殺了你，終結這個遊戲！」

齊格弗里德忍受不了，他一氣瘋，拿起長劍想殺說書人。

正當他對說書人下手之際，他大聲喊殺，看著說書人平淡如昔的模樣。不知為何，他的內心深處竟有種強烈的感情，阻止他將劍刺向對方。

過了一段時間，齊格弗里德心裡非常糾結，最後仍然把劍丟到地上。

「怎麼了，你不是要殺我嗎？」說書人看著他，試探道。

齊格弗里德咬牙切齒，「可惡……我處心積慮地要毀滅你，卻被你的氣勢壓了過去……這究竟是為什麼？我一定要證明，這世界沒有什麼真愛，更沒有幸福！」

說書人見齊格弗里德狂怒的神情，深怕他再出招，便說：「你再引起風暴，只會

傷害這兩個人！」

「我不管，事情都到了這個地步，我怎能放棄與你之間的遊戲呢……我恨你，如果要看你再一次證明愛比恨可貴，我寧可把你毀掉，絕不願你跑到我無法掌控的地方！」

「為什麼？」

「這還需要解釋嗎？我無法接近你的心，如果你因為我曾對你做過的一切而恨我，我就有辦法迷惑你，把你帶到地獄……我失算一點，你相信愛的力量，可那是這個世界最讓我不能信任的東西！」

說書人高昂起頭，「你錯了，我不是相信愛，而是相信人性。」

「氣死我了，你給我記住，總有一天我會向你證明，被迷惑的人不只是我，等到你痛苦得生不如死，我會笑著看你淒慘的模樣……」

「我不會痛苦的，因為我沒什麼牽掛的事了。」

齊格弗里德困惑地問：「那麼，了無遺憾的你，往後甘願沉淪在這份滿足中

嗎？」

「也許不會吧，畢竟我是人類。但是你依然不會死心，今後也將化成各種形態的魔魅幻影，不斷用各種手段引誘我，讓我無法逃脫出去。」

齊格弗里德愣了愣，他沒有想到，說書人把他想說的話統統講完，害他無言以對。

當祈禱室流過一陣詭異得出奇的氣氛，瑞姬娜扶起李赫諾，起身走到說書人和齊格弗里德面前。

「不管你們是神，是魔鬼，是什麼人都好。對我來說，我已經放棄復仇，我背叛了母后，所能選擇的路只有這一條！」

瑞姬娜舉起短劍，朝自己懷裡刺下。就在這時，一道刺眼的白光從瑞姬娜身上綻放出來，她張開緊握的雙手，數不清的白色蝴蝶伴著閃耀聖潔的光芒，一起飛離她的指尖。

那些振翅飛舞的蝴蝶圍繞在瑞姬娜身邊，灑下一道道鱗光，照亮陰暗的石室，讓

她看來神聖無比，好像與這些蝴蝶一樣不屬於這裡。

蝴蝶們停留在瑞姬娜面前，最後帶著鱗光飛出石室，一切，回歸於寂靜與黑暗。

瑞姬娜攤開手心，發現躺在手心裡的蝴蝶別針已經沒有了血污。她想，這些現象是否代表王后憎恨的詛咒，已經由她化解的心結，徹底消失了？

李赫諾摀著傷口，跑到瑞姬娜面前，「剛才究竟發生了什麼事？」

瑞姬娜道：「我不知道，但是……我突然覺得心裡鬱結不開的痛苦，都彷彿隨著那道白光散去而結束了！」

這個時候，一道陽光，穿透了塔底地下室牆壁的隙縫，打散了黑暗，讓石室的濃霧消失，黑暗也在這裡褪去。

說書人看見眼前這令人驚訝的景象，便朝齊格弗里德喊道：「魔鬼，事已至此，你已經輸了，難道還捨不得走嗎？」

齊格弗里德失望地看著說書人，他呼吸急促，口氣暴躁道：「哼，君子報仇，十年不晚！施洛德，你給我記住……有朝一日，我一定全數向你討回今天這筆帳！」

等齊格弗里德隨著陽光消失在塔底，說書人逆著陽光，邁開腳步走向李赫諾與瑞姬娜，口氣溫婉地將未完的故事說了下去——

「兩位，在下最後要說一個故事。」

「有一位嗜殺成性的公主遇見一名來自西方的王子，跟他展開有趣的猜謎遊戲。即使公主手染血腥，但是她憑藉著王子對她的愛，破除身上的詛咒，至於附在詛咒的魔鬼，也會因為自天際降下的聖光，消失無蹤。」

「王子與公主兩人，從魔鬼的詛咒解脫，最後獲得幸福的愛情。」

瑞姬娜突然感覺臉上濕濕的，她伸手摸摸臉頰，發現自己流出溫暖的淚水。

李赫諾高興地擁住她，就像說書人所說故事那樣，他們跨越了痛苦，將會得到幸福與愛的美好結局。

說書人見到這一幕，發現已不再需要過問，便轉身離開。

不管李赫諾與瑞姬娜，將會如何面對他們的問題，說書人知道，他們一定能跨越命運，迎向可以期盼的美好日子。

過了一個月，整座王城傳出李赫諾與瑞姬娜結婚的消息，他們向全城人民宣示，將會舉行盛大的婚禮。雷德利希的人民沐浴在喜悅的氣氛，祝福著他們新婚的公主與王子。

說書人提著皮箱，獨自走在一個走在淒冷安靜的街上，他臉上沒有什麼顯著的表情，只是反覆規律地邁開腳步，一直往前走。

他不知道這樣走能走到什麼地方，但是他知道，他不會停在原地。

他必須永遠這樣走過一個又一個的城市，直到生命枯竭。

然後，就在他穿越一個街口的時候，一個穿著黑服的金髮男子突然出現，阻擋了說書人的去路。

說書人習慣性地停下腳步，沉默冷靜地看著面前的男子。不過，與其講說書人的面孔充滿冷靜，不如說那是一種無言以對的表態。

他感覺眼前這個傢伙是讓他討厭至極的存在……連「人類」都不是，因為對方充其量只是幻影。

繚繞在他心中揮之不去，也散不開的霧中幻影。

「有什麼事嗎？」

說書人朝金髮男子微笑，但是對方一見他那種笑咪咪的臉色，當場露出火大的氣憤表情。

「施洛德，我們在開始遊戲前，不是說好了，你如果輸了，靈魂就要交給我嗎？」

說書人點頭。

金髮男子被說書人帶來強烈的屈辱擊垮，又氣又怒地數落道：「好笑，我實在猜不透你這個傢伙，說謊像喝水一樣自然。我們在玩遊戲前就已說好，這是一場你情我

願的遊戲。我沒欺騙你，而你居然騙我，不但反悔，還用了卑鄙的一招，逼我離開，讓我失去了勝利！」

說書人還是點頭。

「沒錯，我是臨時改變心意出賣你了，齊格弗里德。不過，你輸了就是輸了，難道還有什麼不滿嗎？」

齊格弗里德見到說書人眼底掠過一絲略帶詭計的笑意，他一肚子悶氣就爆炸了。

「我不滿……我當然不滿，因為你無聊的婦人之仁，我全盤皆輸了！」

「你沒聽過有句俗話說『邪不勝正』嗎？」

齊格弗里德難以置信地睜大眼睛，他滿腦子都是想揍說書人的念頭。

「去你的邪不勝正，你比我更像一個真正的魔鬼！」

「承讓了，但是你也比我更像一個真正的人類啊。」

說書人露出充滿愉悅的笑容，「打賭就要服輸，你必須為自己的行為負責任，可不要逃避責任啊。」

「依照約定，你不但無法提走我的靈魂，還要修改契約內容，把伊索德靈魂的詛咒弄掉……明白嗎？」

「下次再說吧，我已經沒心情了。」齊格弗里德懊惱極了，這一切都是說書人害的。

「齊格弗里德！」說書人追了上去。

兩人走在路上，彼此都安靜的不說話。

齊格弗里德便沒耐性地嚷著，「別吵，我被你耍得如此狼狽，連做一個高傲的魔鬼也不夠格，你害我心情焦躁極了。我要去什麼地方散散心，消磨一下時間，恕我不再陪你玩了。」

說書人見齊格弗里德大動作的邁開步伐，似乎打算要離開，說書人心裡一急，伸手勾住他的胳臂，不讓他走。

「等一下！」

說書人又喊了一聲，這次他有點著急。臉上堆著歉然的笑，朝齊格弗里德問道：

「看來這次是我不對，好吧，你對下午茶有興趣嗎？」

「什麼？」齊格弗里德困惑的問。

「生氣的人通常都是肚子餓的緣故，補充一點糖分吧，你會喜歡的。」說書人深知是自己虧欠了齊格弗里德，不禁放柔聲音，連態度也變得極好。

齊格弗里德氣呼呼地看著說書人，猶豫著說，「是你約我的喔？」

「是。」說書人微笑。

「我不付錢喔？」齊格弗里德認真的盯著說書人。

「好好好，在下請客，走吧。」說書人無奈的笑了一下。

說書人自知用了奸計，心裡有些過意不去，卻沒想到自己也能跟這魔鬼處得這麼融洽。

命運真奇怪，他們兩人相互討厭對方，現在居然能如此融洽地交談，為何當初要拚得你死我活呢？

齊格弗里德沉默了很久，最後說：「如果你把優先點菜的權利讓渡給我，還可以

點到擺不下整張桌子的點心和蛋糕……我就勉為其難地跟你去。」

「好，全部都讓你吃，由我付錢，這總行了吧。」說書人臉上帶笑，爽快的答應他。

齊格弗里德其實還有很多話要說，但這些話都在說書人的凝視之下，化為烏有了，還讓他徹底的舉白旗投降。

「下一次的遊戲，我不會讓你贏過我，聽見了沒有？」

說書人敷衍地答應了他幾句，知道這個魔鬼臉皮很薄，若不找個臺階下，他一定死都不肯承認，也只是徒增難堪。

不過想想，兩人與其爭執不休，不如和解吃甜點比較好。

「無論下次，還是下下一次的遊戲，我們都約好要繼續努力分勝負，是吧？」說書人試探地看著齊格弗里德，注意他的反應。

齊格弗里德想到自己被說書人擺了一道，儘管心中餘氣難消，但是見說書人一直陪著笑臉，於是不自覺順著他回答道：「嗯，下次，還是下下一次，我都會死命糾纏

你的。」

「到那時候再說吧。」說書人無奈地笑著，然後帶開話題，看了看晴朗的天空，說：「今天氣色真不錯，是個散步的好天氣。」

兩人的背影就這樣在陽光的照耀下，越走越遠……

幻影歌劇～公主夜未眠～完

敬請期待　《幻影歌劇》　籠中鳥

說書人和魔鬼之間，猶如光與影，黑與白的分界。

無法共存的兩人，想要抹滅對方的存在。

憎恨魔鬼的說書人，究竟要如何宣洩心中深刻的仇恨？

誘惑說書人的魔鬼，又會想出何等離經叛道的遊戲？

籠中的鳥兒，已經習慣了被餵養的生活方式。

被感情束縛綑綁的靈魂，是否還有重獲自由的一日？

這是一場關於說書人與魔鬼不斷角力的遊戲。

當兩人面前出現被關在籠中的美麗少女，說書人隨即陷進絕望的深淵……

幻影歌劇・公主夜未眠

Komische Oper

酷似伊索德的少女，她臉上或悲或喜的神情變化，將所有回憶帶至說書人眼前。

是的，他彷彿回到過去，那個與少女單純相處的舊時光，也是兩人憧憬著戀愛的往日回憶。

善與惡的女神一手拿著衡量的天秤，一手拿著制裁罪惡的利劍。

說書人與魔鬼各自站在天秤的兩端，詠嘆著他們那段悲劇性的過去。

歷經無數次的遊戲之後，在兩人眼前綻放的希望之花，又將為誰所得？

是心中尚有一絲良知的說書人，還是高傲、不可一世的魔鬼？

糾纏在說書人與魔鬼之間的愛憎，將在本集完整揭露！

魔鬼寄宿在每個人的內心，每個人都有魔鬼的影子。

你的心裡……也藏了一個魔鬼嗎？

作者後記

Komische Oper

各位讀者日安，這裡是烏米。

在進入本集後記前，先恭喜《幻影歌劇》突破五集了，可喜可賀！希望能順利地出版至最後一集！

在這裡談談本集一些感想，有聰明的讀者眼尖發現了嗎，內頁插圖蒙綠川明老師全力描繪，處處都是盛開的薔薇花！（編輯表示哀怨。）

這一集描寫了說書人心境轉換的過程，以及魔鬼火辣的告白（喂），不知是否讓期待這兩人的讀者心滿意足呢？

作者後記

此次以狩獵魔女的題材為主，身為作者逆天的加入軍服設定，希望能為這個小小的故事增添一些魅力（雖然時代性不合……這點請讀者見諒）。要是讀者們喜歡這次的故事，請告訴我，如果不喜歡，我也會更加努力！

身為一個小小的作者，只想說一個小小的故事，若能提供讀者們娛樂的功用，我就很滿足了。

最後，期待與各位讀者在歌劇城市 komische oper 相見哦！

繪師後記

Komische Oper

各位讀者好，這裡是綠川明。這次封面延續第四集的架構，是以本集的新角色為主。封面的李赫諾王子看似正經，但骨子裡卻是個有趣的角色。我還蠻喜歡他那莫名的自信（？）不過我想也是因為這樣的個性，才有辦法融化瑞姬娜這樣的冰山美人吧？

插圖部分則是說書人與魔鬼的回合，今集的插圖段落選擇是烏米老師欽點喔（笑）

那麼希望下次再與各位相見！

飛小說。
We Love Easyfly.

自己的天空，自己做主！
更多專屬好康優惠&精彩書訊

是 否

■死亡遊戲■

都市鬼奇談06 END

科技日新月異，從二十世紀末開始，人類進入了網路時代我叫柳暉，除靈是我的專業。我所學習的茅山道術，相比這個時代來說，實在是古老而不可思議的。不過，隨著人類生活的改變，鬼怪的生態也出現了變化？有越來越多的詭異鬼靈，是茅山道術記載中無法解決的。尤其當鬼魂出現在網路遊戲中的時候，祖傳的收妖祕法，似乎完全不管用了……嘖！哼，人總是要進步的。就好像我跟我的女朋友明小彤之間的關係，總不能永遠停在有點黏又不太黏的地方吧？作為一個除靈天師，我要追求現代化；作為一個男人，我要正式追求我的女朋友！呃，聽起來很怪嗎？反正是最終回了嘛，哈～

■天罰■

都市鬼奇談05

有許多案件，發生得相當離奇和詭異。這類歸屬於超自然的案件，警局往往都會藉助擁有靈異長才的人來協助破案。

我是柳暉，專門捉鬼收妖的除靈天師，曾經協助警方偵破許許多多鬼魂殺人的事件。然而，這一次發生的超自然事件，我卻從中找不到一絲鬼魂的氣息。宛如古代官員判案的殺人場景一再出現，究竟是誰在替天行道？不是鬼，難道是神仙？或者，第三種可能……在我祖傳的道法總綱裡有記載，有一種來自地獄深處的陰靈，可以完全隱藏自己的鬼氣。比厲鬼還強大，比鬼王還難捉摸的陰靈，殺人的動機已經跟仇恨無關。它的目的，竟是喚醒一件足以撼動天地氣運的寶物！？

想實現你的夢想嗎？

想探索未知的世界嗎

下一個出現在這裡的
也許就是你的作品！

投稿創作，請上：螞蟻創作網
（http://www.antscreation.com）

■本期推出■

■零區啟動■

逆行世界05 END

習慣，是一件可怕的事情——
尤其是……
你曾經嘗試過，十分專注的做某件事情嗎？眼睛一眨也不眨，慢慢的它會開始充血、變紅……「殺紅了眼」這句形容，就是這麼來的。
接下來，你會發現身體彷彿有了自己的意識，脫離你的掌控，開始慣性而重複的執行相同動作。
最後的結果是，毀滅。毀滅自己，或者是毀滅眼前的事物。在反世界中，人們不是因為血緣或者力量，而群聚在一起。神秘的「系統」，以逆行者與王者為網絡，維持著這個世界。逆行者與王者之間的戰爭，是系統崩壞所引起的？還是這場戰爭，導致了系統的加速毀滅？
答案，即將在某個人身上揭曉……

你還在愁沒地方發表你的創意嗎？

螞蟻創作網

供一個多元的平台滿足你的創作欲望

不論你是愛書人或是苦無宣揚的創作人，
蟻窩的平台：小說、畫作、音樂
一次挑戰你的味蕾感受!!

你還在等什麼？快點隨我們的隊伍加入蟻窩的行列
平台網址：http://www.antscreation.com/index.php
噗浪帳號：http://www.plurk.com/ANTSCREATE#

☞您在什麼地方購買本書？☜

☐便利商店＿＿＿＿＿☐博客來　☐金石堂　☐金石堂網路書店　☐新絲路網路書店

☐其他網路平台＿＿＿＿＿☐書店＿＿＿＿＿市／縣＿＿＿＿＿書店

姓名：＿＿＿＿＿地址：＿＿＿＿＿＿＿＿＿＿＿＿＿＿＿＿＿＿＿＿＿＿＿＿＿＿

聯絡電話：＿＿＿＿＿電子郵箱：＿＿＿＿＿＿＿＿＿＿＿＿＿＿＿＿＿＿＿＿＿＿

您的性別：☐男　☐女

您的生日：＿＿＿＿＿年＿＿＿＿＿月＿＿＿＿＿日

（請務必填妥基本資料，以利贈品寄送）

您的職業：☐上班族　☐學生　☐服務業　☐軍警公教　☐資訊業　☐娛樂相關產業

☐自由業　☐其他＿＿＿＿＿＿

您的學歷：☐高中（含高中以下）　☐專科、大學　☐研究所以上

☞購買前☜

您從何處得知本書：☐逛書店　☐網路廣告（網站：＿＿＿＿＿＿＿）　☐親友介紹

（可複選）　☐出版書訊　☐銷售人員推薦　☐其他

本書吸引您的原因：☐書名很好　☐封面精美　☐書腰文字　☐封底文字　☐欣賞作家

（可複選）　☐喜歡畫家　☐價格合理　☐題材有趣　☐廣告印象深刻

☐其他＿＿＿＿＿＿＿＿＿＿

☞購買後☜

您滿意的部份：☐書名　☐封面　☐故事內容　☐版面編排　☐價格　☐贈品

（可複選）　☐其他

不滿意的部份：☐書名　☐封面　☐故事內容　☐版面編排　☐價格　☐贈品

（可複選）　☐其他

您對本書以及典藏閣的建議＿＿＿＿＿＿＿＿＿＿＿＿＿＿＿＿＿＿＿＿＿＿＿＿＿＿

＿＿＿＿＿＿＿＿＿＿＿＿＿＿＿＿＿＿＿＿＿＿＿＿＿＿＿＿＿＿＿＿＿＿＿＿＿＿

＿＿＿＿＿＿＿＿＿＿＿＿＿＿＿＿＿＿＿＿＿＿＿＿＿＿＿＿＿＿＿＿＿＿＿＿＿＿

✌是否願意收到相關企業之電子報？☐是　☐否

✍感謝您寶貴的意見✍

✌From＿＿＿＿＿＿＿＿＿＿＿＿@＿＿＿＿＿＿＿＿＿＿＿＿＿＿＿＿

◆請務必填寫有效e-mail郵箱，以利通知相關訊息，謝謝◆

印刷品

$3.5
請貼
3.5元
郵票
不思議信箱
FUSIGI POST

235 新北市中和區中山路二段366巷10號10樓

華文網出版集團 收

（典藏閣－不思議工作室）

不思議工作室

「年輕、自由、無極限」的創作與閱讀領域

為什麼提到奇幻的經典，就只會想到歐美小說？
為什麼創意滿分的幻想作品，就只能是日本動漫？
為什麼「輕小說」一定要這樣那樣？

站在巨人的肩膀上，是為了看得更遠。
讓我們用自己的力量，打造屬於自己的文化！

不思議工作室，歡迎各式各樣奇想天外的合作提案。
來信請寄：book4e@mail.book4u.com.tw

不論你是小說作者、插圖畫家、音樂人、表演藝術工作者……
不管你是團體代表，還是無名小卒。
不思議工作室，竭誠歡迎您的來信！
官方部落格：http://book4e.pixnet.net/blog

我們改寫了書的定義

董事長　王寶玲
總經理　兼　總編輯　歐綾纖
出版總監　王寶玲
印製者　和楹印刷公司

法人股東　華鴻創投、華利創投、和通國際、利通創投、創意創投、中國電視、中租迪和、仁寶電腦、台北富邦銀行、台灣工業銀行、國寶人壽、東元電機、凌陽科技(創投)、力麗集團、東捷資訊

◆台灣出版事業群　新北市中和區中山路2段366巷10號10樓
TEL：02-2248-7896
FAX：02-2248-7758

◆倉儲及物流中心　新北市中和區中山路2段366巷10號3樓
TEL：02-8245-8786
FAX：02-8245-8718

國　最　專　業　圖　書　總　經　銷

行銷總代理
采舍國際
Diamonds CH. Diamond
台灣射向全球華文市場之箭
發行通路擴及兩岸三地 ✓行銷團隊陣容堅強 ✓實踐最大圖書實銷量
電話(02)8245-8786 地址新北市中和區中山路二段366巷10號3樓 WWW.SILKBOOK.COM

幻影歌劇/烏米作. -- 初版. --新北市：
華文網，2011.06-
冊； 公分. --(飛小說系列)
ISBN 978-986-271-195-8(第5冊：平裝). ----

857.7 100008286

飛小說系列 020

幻影歌劇 05- 公主夜未眠

出版者■典藏閣
作　者■烏米　繪　者■綠川明
總編輯■歐綾纖
製作團隊■不思議工作室
郵撥帳號■50017206 采舍國際有限公司（郵撥購買，請另付一成郵資）
台灣出版中心■新北市中和區中山路 2 段 366 巷 10 號 10 樓
電　話■(02) 2248-7896　傳　真■(02) 2248-7758
物流中心■新北市中和區中山路 2 段 366 巷 10 號 3 樓
電　話■(02) 8245-8786　傳　真■(02) 8245-8718
ISBN■978-986-271-195-8
出版日期■2012 年 03 月
全球華文國際市場總代理／采舍國際
地　址■新北市中和區中山路 2 段 366 巷 10 號 3 樓
電　話■(02) 8245-8786　傳　真■(02) 8245-8718
新絲路網路書店
地　址■新北市中和區中山路 2 段 366 巷 10 號 10 樓
網　址■www. silkbook
電　話■(02) 8245-9896
傳　真■(02) 8245-8819

線上總代理：全球華文聯合出版平台
主題討論區：http://www.silkbook.com/bookclub　◎新絲路讀書會
紙本書平台：http://www.silkbook.com　◎新絲路網路書店
瀏覽電子書：http://www.book4u.com.tw　◎華文電子書中心
電子書下載：http://www.book4u.com.tw　◎電子書中心（Acrobat Reader）